Instare
4

Antonella Lattanzi
Coisas que não se dizem

Tradução de Julia Scamparini
Editora Âyiné

Antonella Lattanzi
Coisas que não
se dizem
Título original
Cose che non
si dicono
Tradução
Julia Scamparini
Edição
Fabiana Ferreira
Lopes
Preparação
Pedro Fonseca
Revisão
Andrea Stahel
Projeto gráfico
CCRZ
Fotografia da capa
Katrien De Blauwer
Commencer 104, 2020

Direção editorial
Pedro Fonseca
Direção de arte
Daniella Domingues
Coordenação
de comunicação
Amabile Barel
Redação
Andrea Stahel
Designer assistente
Gabriela Forjaz
Imprensa
Clara Dias
Conselho editorial
Lucas Mendes

© Giulio Einaudi
editore s.p.a, Torino

© Editora Âyiné, 2025
Praça Carlos Chagas
Belo Horizonte
30170-140
ayine.com.br
info@ayine.com.br

Isbn 978-65-5998-172-4

Coisas que não se dizem

As bombas das seis não machucam,
é só o dia que morre.
Antonello Venditti, «Madrugada
anterior às provas»

Um

Fomos para o Circeo, embora fosse a coisa mais absurda a ser feita. A mais perigosa. Há meses que estamos com a cabeça fora do lugar. Meses demais. Estamos com a cabeça fora do lugar e parece que o mundo inteiro está com a cabeça fora do lugar, junto conosco. Os médicos, os pouquíssimos amigos que sabem, e todos aqueles — a maior parte das pessoas que conhecemos, que amamos — que não sabem de nada.

Fomos para o Circeo, onde telefone não pega, onde não tem conexão wi-fi, fomos para esta montanha onde coisas horríveis aconteceram nem faz tanto tempo assim,[1] cujas rochas se erguem altas e de improviso contra quem sobe ou desce suas curvas fechadas, sabendo que está sozinho. Se acontece uma emergência, você está sozinho. Se você morre, morre sozinho.

Deito em nossa cama, ao lado do Andrea, mas estou apavorada. A cama fica colada na parede da casinha de praia que escolhemos em março (março de 2021) — quando tudo tinha acabado de acontecer, mas não sabíamos que ficaria ainda pior. Me sinto intimidada pelo canto da parede no qual a cama está encaixada, pela montanha em que nos metemos sem possibilidade de contato. O pavor que estou sentindo é maior e mais sombrio do que esta montanha.

---

1   Um caso de sequestro, estupro e homicídio ocorrido em 1975 e conhecido como massacre do Circeo. [N.T]

Andrea lê um livro. Eu escuto o que está acontecendo com meu corpo, e sinto sangue escorrendo para fora de mim, como vem acontecendo desde fevereiro. Agora é junho. Sangue em gotas, em placas, aos jorros, aos baldes. Agora está saindo líquido e ininterruptamente, enquanto estou deitada e tento não respirar. Talvez, sem respirar, o sangue acabe.

Mas para Andrea não posso confessar o medo que estou sentindo, senão ele me dirá: vamos voltar para Roma. E eu não posso. Não posso sucumbir. Não quero sucumbir a toda esta dor. Quero passar meu junho em Circeo, quero meu direito a tentar reconstruir minha vida, quero meu direito a ficar sentada olhando para o mar, sobre pedras planas e lisas, sem me sentir mal em todo lugar. Quero meu direto a dizer: recuso tudo o que aconteceu, recuso a realidade, recuso que tenha acontecido comigo. Que esteja acontecendo comigo. Não quero fazer as pazes com o que aconteceu. Não quero que tenha acontecido.

Estou deitada na cama, um jato mais forte, mais longo, enche meu absorvente. Eu me viro para Andrea. «Como você está?», me pergunta.

Mas ele já sabe. Como me virei e olhei em seus olhos, ele já sabe.

«Sangue», digo.

Eu queria começar a chorar e falar do medo que estou sentindo. Queria dizer me leva para Roma, me leva para o hospital. Mas não posso. Se você fingir que não tem sangue por toda parte, não tem. Digo «sangue» como se dissesse «desculpa».

«Quanto?», diz ele.

Esta responsabilidade que é só minha, que só eu posso ter de dizer quanto sangue estou perdendo, se estou perdendo sangue *demais*, está me enlouquecendo. Ninguém pode me ajudar a dizer quanto tem de sangue.

«Talvez pouco», minto. «Podemos dormir?»

É junho e não durmo há meses, de dia, de noite. Muitos meses depois, ainda não terei recuperado a faculdade de dormir. Acordarei à 1h, às 2h, às 3h, às 4h, todas as noites. Nunca mais vou dormir de dia. E se eu sangrar até a morte sem perceber?

«Não sei», responde ele. «Você é quem sabe.»

Procura respostas em mim. Sou a única a saber *quanto* sangue é. Se é demais. («Com sangue não se brinca», disse meu ginecologista, «resista até quando for possível. Mas, se não parar, corra para o pronto-socorro.») Quanto é *sangue demais*? Se paro para pensar, quando alguém se corta sem querer e o sangramento não para, já é o caso de ir ao hospital. Considerando isso, é sangue demais há meses demais. Fevereiro, março, abril, maio, junho. Eu me entupo de anti-hemorrágico. O nome é Transamin 500 mg, tomo seis comprimidos por dia. O máximo. Às vezes, escondida, tomo três ou quatro comprimidos a mais. A ampola é melhor, eu sei, faz efeito mais rápido: você toma e imediatamente entra na circulação. Mas as ampolas são de vidro e sempre quebram na minha mão, pois eu tremo quando a abro. Meu corpo inteiro treme, da cabeça aos pés; como se eu fosse epiléptica, como se eu estivesse dançando. No hospital me dizem que não é recomendável tomar Tranex assim, por tantos meses, que é muito perigoso.

Dicionário. Palavra: *perigo*. Antônimo: *segurança*. Mas para mim não é assim. Eu, em todos estes meses, aprendi a dar um outro antônimo à palavra perigo: sobrevivência. Entre o perigo e a sobrevivência, não posso deixar de escolher a sobrevivência. Dia após dia, hora após hora.

Eu nem penso em todos os perigos que corro. Não posso pensar. O sangue não está nem aí para os remédios que eu tomo. Meu sangue não está nem aí para nada. Jorra.

«Quanto sangue tem?», me pergunta.

«Não sei», respondo.

«O que você quer fazer? Vamos voltar para Roma?»

Sou eu que devo decidir. Ninguém pode fazer isso em meu lugar, e não por falta de vontade. É que ninguém está no meu corpo. Estamos aqui em Circeo porque eu quis. Porque eu exigi. Queria um medidor que me dissesse quantos ml de sangue estou perdendo, quantos litros, e me dissesse: está tudo bem. Esta quantidade é tolerável.

Mas se o Andrea me pergunta vamos voltar para Roma só me resta responder que não. Roma quer dizer assumir que tudo isto está acontecendo. Roma quer dizer pronto-socorro e uma operação inevitável e arriscada demais.

«Não», lhe digo.

«Certeza?»

«Certeza.»

Meu coração está me rasgando o peito. Sinto dores em todos os lugares. Nas pernas, nos braços, nas costas, na barriga, na cabeça, e me sinto tão fraca, tão fraca. Minha hemoglobina está caindo há meses, e, apesar do ferro, do ácido fólico, da vitamina B, da vitamina D, apesar das transfusões, apesar dos anti-hemorrágicos, ela cai. Não consigo mais subir uma ladeira. Fazer uma caminhada. Fico sem fôlego até quando vou do quarto ao banheiro. Meu coração bate acelerado até quando levanto um par de sapatos.

«Você pode ficar acordado mais um pouco?», peço.

Minha cabeça diz você é louca, corre para Roma, corre para o pronto-socorro, enquanto só o ato de respirar já faz escorrer mais sangue. Levanto o lençol e, morrendo de medo, abaixo a calcinha. Não quero olhar, mas preciso. Ninguém pode olhar por mim. Olho a calcinha. Está vermelha. Um vermelho vivo. Mesmo com quatro absorventes para incontinência urinária um em cima do outro, os lençóis ficam sujos. Preciso dormir com fraldas e com uma toalha em volta do corpo. De toda forma, não consigo dormir.

«Sim», diz. «Tem certeza de que não é melhor ir embora?»

É uma pergunta enlouquecedora. Ninguém se isolaria no pico da montanha do Circeo, sem wi-fi, sem telefone, sem nenhum meio de comunicação, a uma hora e meia de Roma, sendo o único caminho para chegar na cidade a rodovia Pontina, escura e esburacada. Ninguém. Eu, sim.

Estamos loucos. Eu sempre fui louca, Andrea nunca. Mas agora minha loucura está contaminando até ele.

«Sim», digo.

«Tá bom.»

Somos dois loucos, e logo depois fecho os olhos, ele fecha os olhos, e apaga a luz. Monstros sempre habitaram minha cabeça. Mas agora não são nem monstros. São organismos sólidos feitos de sangue gelatinoso, cubinhos de sangue que sinto saírem de mim. Não pode ser verdade. Não é verdade.

Fechamos os olhos e somos dois loucos, e, por sorte, adormeço e acordo um milhão de vezes naquela noite em Circeo, enquanto o barulho do mar, que sempre amei, torna-se cada vez mais ameaçador, por sorte não durmo nem um minuto a mais. Por sorte, naqueles meses de fevereiro, março, abril, maio, junho de 2021, não durmo nem um instante a mais. O instante em que morrerei inundada em meu sangue vermelho vivo.

Dois

Esta história começa quando eu finalmente me decido.

Nunca pensei nas duas crianças que abortei.

Mesmo agora que faço a conta repetidas vezes — são cinco, não consigo deixar de pensar que são cinco, as crianças que não tenho mais —, mesmo agora em que sempre que estou sozinha com meu companheiro queria lhe dizer eu deveria ter protegido essas crianças, cuidado, amado, é isso o que fazem os pais, é isso que uma mãe faz, deveria ter protegido essas crianças dos joelhos ralados, das dores dos primeiros dentes, das cólicas, das primeiras brigas com outras crianças, deveria tê-las protegido do frio, deveria tê-las protegido do calor, deveria ter levado essas crianças à praia só de manhã cedo ou no fim de tarde, espalhado protetor para não deixar que se queimassem, ensinado que o mar é bom, é amigo, que os cães são bons, são amigos (mas também deveria tê-las protegido dos cães, explicado que não são brinquedos, que quando nos aproximamos de uma cão devemos antes colocar a mão perto de seu focinho, a palma aberta para mostrar que não lhe faremos mal, deixar que nos cheire, olhar a cara que o cachorro faz, olhar como ele mexe o rabo, se está se enrijecendo, nem todos os cachorros são iguais e não são todos que gostam de carinho), deveria ter levado essas crianças para conhecer a terra onde nasci, esperando que a amassem, deveria ter explicado a elas este é o vovô, esta é a vovó (doloroso demais pensar na cara de felicidade que teriam feito meus pais se eu tivesse dito estou grávida, estou grávida, estou grávida, estou grávida, estou grávida, cinco vezes, e, pelo contrário, não lhes disse nem uma vez), deveria tê-las protegido do medo do escuro, do medo da morte, do medo de que eu morresse, do medo de que o pai delas morresse, deveria ter explicado a elas o que meu pai me explicou quando eu tinha medo da vida eterna, que nos ensinavam na igreja (eu não as teria levado à igreja, então talvez tivessem tido medo da morte, mas a vida eterna e a morte são a mesma coisa), deveria ter dito a elas, como meu pai me disse, que não morremos enquanto alguém se lembrar de nós, e o quanto aquelas palavras me consolaram, eu lembro até hoje, e como consolariam meus filhos as palavra do vovô, ditas pela minha boca enquanto ajeito as cobertas como uma boa mãe faz. Mesmo agora que me considero uma mãe terrível, pois em vez de proteger fiz parte do que matou meus filhos, nas duas primeiras crianças eu não penso nunca.

Ou melhor, não pensava nunca.

Não pensava porque era uma coisa grande demais na qual pensar, porque eu não queria ser o fruto, no presente, de todo o mal que eu sofrera ou fizera no passado. Não pensava por que não queria dar um nome a elas, a essas crianças que eu nunca tive. Porque não quero pensar em quantos anos teriam agora, e agora. Porque não quero um lugar que me lembre delas. Não pensava nisso porque, quando outras pessoas — amigas, conhecidas, colegas — me contavam de um aborto, esta história que é minha, só minha, chegava até meus lábios. Queria ter dito: eu sei. Eu entendo. Eu decidi abortar. Não uma vez, mas duas. Chegava até meus lábios e quase escapava. Mas eu não conseguia. Se você entrega a outra pessoa uma parte tão grande de si, como faz para se proteger depois? Se você entrega suas coisas mais profundas a alguém, depois elas doem mais. Porque, daquele momento em diante, passam a existir.

Eu nunca pensava nisso tudo.

Não acreditava ser alguém que não fala de si. Nunca achei que fosse. Agora sei que sou. Que tenho uma barragem na cabeça onde ficam escondidas todas as coisas que doem demais. Essas coisas, não quero contar a ninguém. Não quero pensar nelas. Quero que nunca tenham existido. E, se não falo delas, não existem.

Além disso, mesmo nos raros momentos em que eu gostaria de contar, como seria? Meus amigos mais queridos, que considero e que me consideram família, não sabem de nada. Como eu poderia, após décadas de amizade, dizer pois então, tem uma coisa importante que não te contei.

Como me olhariam? Pensariam: por que você não me contou uma coisa como esta?

E eu responderia o quê?

Revelar segredos dolorosos penetra e rompe a intimidade de uma noite agradável, com taças de vinho nas mãos, em que se fala de como foi o dia.

Como seria possível, depois, mudar de assunto e voltar a falar de trabalho, de histórias de amor, de histórias de sexo, de nossos medos, de nossas alegrias, se eu jogo para cima de vocês uma dor como esta?

Acho um tédio sofrer. Detesto.

Nunca disse a ninguém. Quem sabe são apenas os pais daquelas crianças.

Tinha tudo isso, é verdade. Mas também tinha vergonha. Quando eu ia ao ginecologista para uma consulta de rotina, me perguntavam: gestação anterior?

Não.

Abortos?

E eu, firme: não.

Quando eu ia a outros médicos, me perguntavam: cirurgias precedentes?

Não.

Já fez anestesia geral?

Não.

Não se mente para médicos, Andrea sempre diz. Vai fazer o que no médico, vai pagar para que se na hora H você conta mentiras.

Eu sempre minto para os médicos.

Aquilo em que você acredita, aquilo que você defende, aquilo que a razão te diz com clareza — quem aborta nunca é um monstro —, a voz mais alta dentro de você, contradiz tudo e grita. Você é um monstro, e não quer que ninguém saiba que é.

A interrupção voluntária de uma gravidez é um direito, minha mãe me ensinou. Porém, para essa mãe, não posso contar que exerci meu direito.

Eu sei que é um direito, e acredito nisso com convicção. No entanto, quando aconteceu tudo o que aconteceu, e desde muito antes, quando finalmente me decidi e comecei a tentar ter um filho, durante anos, enquanto ele não chegava, o pensamento naquelas duas crianças tornou-se constante. A única conclusão possível foi a de que eu mereci toda esta tragédia.

Nos momentos de dor procuramos sempre um porquê. Por que aconteceu tudo o que aconteceu? perguntei. Porque não se brinca com a vida, respondeu uma voz ancestral, a voz de um pensamento mágico. Você recusou duas vidas. E agora foi punida. Te tiraram outras três vidas porque você não as merecia. Você não merece ser mãe.

Eu tive que responder: vocês têm razão.

E então por que agora estou contando?

Eu sei que não conto nada nunca.

Estou contando porque em minha cabeça não tem mais nada. Só este vermelho.

Passamos o Natal de 2020 na casa da minha amiga Giulia. Na véspera, estávamos com ela, seu companheiro Roberto, os dois filhos pequenos deles. Naquela época, eu achava que tinha gêmeos dentro de mim.

Não fui feliz naquele dia. Eu observava no que teria me tornado — olhava para Giulia, Roberto, os filhos — e me apavorava. Eu não sei fazer isso, pensava. Não consigo.

E então, depois, quando tudo aconteceu, a voz mágica me disse: também por isso você mereceu. Porque, em vez de ter sonhos felizes de mãe e filhos e abraços e amamentação e carrinhos de bebê, você tinha pesadelos em que perdia o emprego. Você dizia: eu, amamentar? nunca. Não consigo, preciso me mexer, preciso poder trabalhar.

Por que de manhã você acordava e sentia medo? Por que você tinha pavor de perder a sua escrita? Por que você não estava feliz?

Também por isso, por sua incapacidade de ser uma mãe alegre, também por isso você mereceu.

Naquela véspera de Natal, Andrea, meu companheiro, está na cozinha abrindo ostras com Roberto. Um alarido nos faz entender que há algo errado. Andrea se cortou, sai sangue, muito sangue. Tentam esconder de mim, porque estou grávida e não posso me assustar. Mas eu vou até a cozinha e vejo o sangue, e vejo Andrea com um pano enrolado na mão. «Quer ir pro hospital?», diz Roberto.

«Não», diz Andrea.

Esperamos, preocupados, para ver se o sangue estanca. Depois de um tempo, para. Eles comem as ostras — não é verdade, estou mentindo aqui também, mas se decidi escrever não posso mentir: eu também como ostras — e juntos cantamos canções de Natal. Eu não evito uma ou duas taças de vinho, porque nunca fui uma boa mãe e agora também não sou. Tudo me dá enjoo, e Giulia ri. «É normal», diz, «você está grávida!». Está tão feliz por mim.

Tenho tanto, tanto medo. Tenho a impressão de que as pessoas estão dentro de uma camada de acrílico e vivem e riem e cantam enquanto estou toda aqui, toda aqui em meus peitos que doem, no meu enjoo e nos cheiros fortes demais que sinto. Não tenho sono. Nunca fico cansada. Não dou as típicas cochiladinhas angelicais das graciosíssimas mulheres grávidas. Eu reajo à maternidade. Por que, se por anos eu quis tanto, com todas as minhas forças?

Giulia está animada, e me acompanhou durante todo meu percurso, desde quando eu e Andrea decidimos ter um filho, quatro anos atrás, e tentamos de todas as maneiras. Durante todo este tempo, Giulia esteve comigo muito mais do que Andrea. Muito mais do que qualquer pessoa. Ela foi a primeira pessoa para quem eu disse que o teste tinha dado positivo, não o Andrea. Para minha família eu nunca disse — meu pai, minha mãe, minha irmã. Não souberam que fiquei grávida. Para eles, tudo o que aconteceu nunca aconteceu.

Cantamos, dançamos, não sai mais sangue da ferida do Andrea, é um Natal angustiante, assustador e obcecante. Se penso que já passou um ano desde quando eu não suportava mais sabores e cheiros que sempre amei, que falta pouco para outro Natal, o Natal de 2021, em que era para eu ser mãe, se penso que tudo o que houve não há mais, como faço? Eu, o que faço?

Quando Andrea se corta abrindo ostras, temos todos a impressão de que é sangue demais. Se eu soubesse o quão frequentemente nos veríamos, você e eu, meu querido sangue. Como eu teria adiado o limite do *sangue demais*, dia após dia, nos meses vindouros. Quando penso nisso tenho vontade de pegar no pescoço daquela otária que naquela noite tinha medo de ser mãe, queria pegar no pescoço daquela covarde estúpida, jogá-la contra a parede e dizer, olha, caralho, olha direito para este momento. Para de ter medo, caralho, e olha onde você está.

Eu a odeio, aquela eu cheia e ingrata. Eu a detesto. Queria que morresse.

Teria sido um ano muito bonito.

Giulia me manda uma mensagem em novembro de 2020, um dia depois da minha terceira transferência de embriões. Já estou resistindo a me tornar mãe, faço um passeio de 20 quilômetros com alguns de meus amigos mais queridos, aos quais nunca disse nada. Faço esse passeio porque, digo a mim mesma, faz anos que tento naturalmente e não consigo, por duas vezes tentei com reprodução assistida e não consegui. Esta é a terceira e não posso ter nenhuma esperança. A decepção depois será grande demais. Faço um passeio e digo: se é para ser, será. Mas é meu eu racional que está falando. Meu eu real, meu eu que nunca escuta ninguém, além de suas próprias vozes, diz: você vai conseguir, você tem que conseguir.

Giulia me manda uma mensagem: «Será um ano muito bonito. Seu romance vai fazer sucesso e você vai ter um filho.

Tenho certeza». Eu olho escondida aquela mensagem quando paramos para comer após o passeio e estou no banheiro fazendo xixi. Não acredite nisso, repito para mim mesma. Não cultive nenhuma esperança. Mas – não tanto naquele dia, quanto nos impossíveis meses sucessivos — aprendi que a esperança é como quando olhamos o sol por muito tempo. No começo vemos a luz, depois essa luz fica forte demais e queima a retina; fica tudo escuro. A esperança é uma mancha nos olhos que fitaram o sol, fica sempre maior, corrói tudo e envolve tudo. Aprendi que a esperança, quando é demais, torna-se certeza. Que não é verde nem amarela. A esperança é preta, porque te destrói. Uma das vozes que tenho em mim torna-se forte demais, ultrapassa as outras, diz: não é possível que você não consiga. Em agosto seu filho terá que nascer. Vai ser de leão, sol, mar, talvez nasça no mesmo dia em que nasceu Elsa Morante, 18 de agosto, mas espero que seja muito mais feliz do que ela. Talvez nasça no mesmo dia em que nasceu seu pai, 6 de agosto. Terá a serenidade e a alegria dele. O que pode ter de mim? Não sei, e prometo a mim mesma que serei uma mãe sorridente, o ponto de referência de um filho. É o que mais quero: que meu filho encontre solidez em mim. Por esse filho, vou engolir a ansiedade que me caracteriza. Nunca saberá quem eu realmente sou.

Será que vou conseguir?

Agora, enquanto escrevo, será que estou mentindo se eu disser que um dos motivos pelos quais retardei tanto minha decisão de ter um filho é o medo de não ser capaz de revelar-me para ele?

O medo de não ser capaz de realizar meu ofício. O medo de não saber esconder quem eu realmente sou. Todos os motivos que tive para não colocar um filho no mundo, em todos estes anos, eu esconjuro.

Sempre achei que fosse menina, antes de acontecer. Depois, quando aconteceu, eu tinha certeza de que era menino. E na verdade eram três meninas. Três pequenas que na ultrassonografia da décima segunda semana estavam felizes dentro de mim, uma deitada de costas, parecia estar com as pernas cruzadas e olhando para o céu. Parecia Huck Finn com um ramo de erva na boca. Outra dormia encolhida, serena («Esta puxou você», eu disse a Andrea). A outra dançava e se mexia feito louca. «Esta puxou você», me disse Andrea. «Dança o tempo todo e está sempre ansiosa. Igual a você.»

Igual a mim.

E de fato são minhas filhas. E eu sou a mãe.

Não sei se realmente quero escrever este livro. Não sei se sei escrever este livro. Leio algumas páginas a Andrea, mas é exigir demais. Andrea é diretor e roteirista, não tem nada que eu escreva que ele não leia antes de eu jogar no mundo. Andrea é inteligente, talentoso, e severo. Se ele diz que o que escrevi não está bom, é porque não está mesmo. Mas agora, após a leitura de poucas páginas, pela primeira vez desde que estamos juntos ele não sabe o que me dizer. É exigir demais, desta vez. Ele também estava imerso naquele sangue infinito.

E, mesmo que Andrea nunca fale da dor, nunca demonstre a dor, desta vez eu vejo que está sofrendo; esta história é dele também. Não é só a história de uma mãe. É também a história de um pai. É egoísta de minha parte achar que sou a protagonista desta dor.

Leio algumas páginas para ele, prefere que eu leia em voz alta, escuta, me diz: «Você tem noção de que se fizer este livro não vai ser nada fácil? Quando for lançado você terá que passar meses falando desta história».

«E o que eu faço, então? Desisto? Não faz sentido escrevê-lo?», pergunto.

Ele está preparando molho para a massa. Vermelho-escuro.

«Ei, por favor, me responde», insisto.

«Acho que você tem que escrever este livro», diz, quase sussurrando. «Acho que é o certo.»

«Mas você não consegue me ajudar a entender o que estou escrevendo.»

Sacode a cabeça, ele sente muito, mas não. «Acho que você tem que escrever este livro», diz. «Mas você realmente quer passar um ano lembrando de tudo o que aconteceu?».

Não consigo segurar as lágrimas, mas me escondo, pois odeio que me vejam chorando, e odeio principalmente chorar, e queria dizer a ele: quando o livro sair, tudo será diferente. Estou escrevendo não com a esperança, mas com a absurda convicção de dar um final feliz a este livro. Não posso acreditar que acabará mal; não acredito nisto. Mesmo hoje, depois de tudo o que aconteceu.

Mas é mais um pensamento mágico. Uma convicção absurda. E a esperança, eu aprendi, é violenta.

Não digo nada, faço o que sempre faço, passo a inventar piadas, a falar bobagens divertidas. A dançar. A atrapalhá-lo enquanto cozinha. Arrependo-me de ter chorado, ainda que tenha durado apenas um segundo.

Não queria ter ficado assim.

Eu sempre amei sangue. Sangue de feridas, do joelho que rala quando andamos de patins no quintal de casa, das pedras que esfolam por causa de um mergulho meio arriscado ou porque pulamos no mar de um ponto acidentado, o sangue de certos pactos adolescentes em que acreditamos piamente, o meu sangue nas seringas dos exames de sangue. Sempre amei sangue, pois me fazia sentir corajosa.

Minha primeira menstruação veio aos quatorze anos, e como eu gostei de ver meu corpo escoando sangue, parecia sempre pouco, e como eu gostava de fazer sexo com o sangue da minha menstruação, parecia que era tudo mais líquido, mais perigoso, mais forte, parecia que o sexo era muito melhor em meio a todo aquele sangue.

Mas depois, cinco anos atrás, passei a odiar esse sangue da menstruação.

Sempre disse a mim mesma que eu não me tornaria uma mulher assim. Uma mulher que odeia o sangue da menstruação porque é testemunha de sua falência. Quando finalmente decidi fazer um filho, com quase 38 anos — ai, ai, ai, ouço a voz de minha irmã e de algumas mulheres que conheço, porque foi decidir tão tarde?, e aí ouço as vozes de outras mulheres que me diziam nããã0, você é jovem, tem a vida toda pela frente, e também essas eu odeio —, quando tentei ficar grávida sem grandes preocupações, eu fiz sexo, convencida de que é assim que se fazem filhos (porque é assim que os outros fazem), e não consegui, quando depois comecei a calcular os dias férteis, a ir ao ginecologista todos os meses para controlar a ovulação — e o sexo fica péssimo, um remédio a ser tomado pelo menos uma vez a cada dois dias por ao menos uma semana, amargo —, e mesmo assim não consegui. Quando eu e Andrea fizemos todos os exames do mundo, e não havia nada de errado, logo, nada que pudéssemos consertar. Infertilidade sine causa. Quando enveredei pelo caminho da reprodução assistida, e algum deus quis que o dia do meu primeiro ultrassom de monitoramento coincidisse com o início de março de 2020 — a primeira semana de lockdown — e que, ao fim de duas semanas, no Policlínico de Roma, eu tivesse que fazer a coleta sem anestesia porque todos os anestesistas estavam ocupados com a covid (você mereceu), esse sangue, eu passei a odiar.

Não queria me tornar uma mulher assim. Sempre disse a mim mesma que não me tornaria.

Aquilo que você se torna é, sem dúvida, escolha sua. O que te acontece, muitas vezes, não é. Para saber quem você realmente se tornará, tem que esperar que o futuro aconteça. Somente quando o futuro chegar você saberá se é uma desilusão para si mesma. Se você é exatamente o que esperava não ser. Comigo foi assim.

Uma mulher que não consegue mais evitar a ideia fixa de ter um filho. Uma mulher que olha mulheres grávidas com inveja. (Seja sincera ao escrever.) Está bem, serei sincera. Eu as olho com ódio.

E se você estiver falando consigo mesma?, me pergunto. Um livro, para ser um livro, não pode falar somente comigo. Deve ser de todos. Como faço para saber se estou falando somente comigo mesma?

Um livro é uma coisa séria. Não se pode escrever um livro para desabafar. Não se pode escrever um livro por necessidade própria.

E tudo o que aconteceu eu mereci também porque, enquanto busco coragem para escrever tudo isto, eu penso: vai virar um livro? Vai virar um bom livro?

Eu mereci porque, mesmo agora, em vez de pensar apenas no que aconteceu, estou pensando na escrita. Mesmo agora, quando as três meninas não existem mais.

Mas estou procrastinando o momento da lembrança.

Para escrever este livro, preciso abrir portas que não quero mais abrir.

Tenho medo de olhar para essas lembranças. Sobretudo as felizes. Queria nunca mais pensar nas lembranças felizes.

(«Está na hora de virar a página», uma pessoa me disse pouco tempo atrás, virar a página, aliás, tem tudo a ver com livros. «Ah, vocês tentam de novo», escreveu outra pessoa quando eu estava no hospital e tinha acabado de perder tudo. Se fosse possível assassinar alguém por telepatia, o indivíduo que me escreveu essa mensagem teria morrido na mesma hora.)

Resumo (olha lá, seja sincera no resumo).

Eu sempre disse que teria cinco filhos. Digo e acredito nisso desde que me entendo por gente. Sempre disse a mim mesma: só que na hora certa. Gosto tanto de famílias grandes.

Aos dezoito anos, fico grávida. Não é este o livro em que contarei o porquê, mas escolho abortar. Aos vinte anos fico grávida de novo. Não é este o livro em que contarei por que nem este filho se torna meu filho.

Aos 34 anos começo a namorar o Andrea. Com ele, a ideia de ter um filho torna-se real: é o que desejo. Tento convencê-lo por muito tempo. Ele diz que sim, mas vamos «com calma». Este «com calma» nunca se transforma em um «agora». Não posso jogar toda a culpa nele (se pudesse, jogaria). Na época, preciso de um apoio. Quero muito um filho, mas fico em pânico. Precisaria de um homem que me pegasse romanticamente pelo braço, me olhasse com brilho nos olhos e me dissesse: vamos ter um filho? Andrea, no entanto, tem que ser convencido. Não tenho forças para convencê-lo porque devo convencer a mim mesma. Além do mais, o tal brilho nos olhos, se Andrea fosse uma personagem de ficção, seria incoerente com a personagem. No fim, submetido por anos às minhas pressões, Andrea consente, de má vontade. Mas, naquele momento, tomo as rédeas: meu terceiro romance está para sair. Tenho medo de que uma gravidez possa prejudicar o livro, e digo: «Não é a hora certa».

Não é a hora certa por muito tempo, para mim ou para ele. Uma noite olho em seus olhos e digo: «Se não for agora, não vai mais ser. Você precisa entender se quer. Se não quiser, infelizmente eu terei que te deixar» (também tinha horror a me tornar esse tipo de mulher, e me tornei). Reúno toda a coragem que tenho. Ele não está convencido, mas se esforça para tomar coragem. Começamos as tentativas.

Eu disse. Não vamos conseguir se fizermos sexo só quando dá vontade. Não vamos conseguir com os vários calculadores de ovulação que marcam o momento em que se está fértil. Não vamos conseguir indo — eu — ao ginecologista todo mês para monitorar o período fértil e fazendo sexo — conforme prescrição médica — um dia sim e outro não seguindo aquilo que os sites e aplicativos de fertilidade (baixei quatro diferentes) de forma simpática indicam como «os dias certos». Eu o mantenho preso, de sete a dez dias todo mês, aos seus deveres conjugais. Ele não aguenta mais. Imaginem o quanto eu não aguento mais. Assim como ele, não só tenho que fazer sexo quando devo e não quando quero (no começo é divertido, depois de um tempo acho que ambos preferiríamos estar fazendo qualquer outra coisa); mas também tenho que dizer a Andrea, toda sem graça: então, hoje é aquele dia... Fingindo que pode ser uma brincadeira, peço que ele também ajude a lembrar dos dias certos. Pelo menos a gente se diverte. Não lembra nunca. Além de tudo, chega a ser humilhante. De qualquer forma, tudo isso não adianta nada. Vamos tentar a reprodução assistida.

Não temos ideia da confusão em que estamos nos metendo. Andrea está nessa mais por mim do que por nós ou por ele mesmo (outro clichê que preferiria ter evitado, mas).

Logo, sou eu que faço tudo. Exames, contagem dos dias, ultrassons de monitoramento, consultas, buscar informação, estudar, procurar, encontrar. Quando ele faz o espermograma, sou eu que levo o esperma ao laboratório. Tenho medo de pedir que faça o mínimo esforço, que se comprometa minimamente, e ele me dizer chega, não quero mais.

A primeira reprodução assistida tentamos no Policlínico Umberto I. Uma reprodução assistida quer dizer um milhão de exames, um milhão de consultas — nesse caso, no hospital —, um milhão de remédios via oral, via vaginal, e injeções. Quer dizer hormônios contínuos e uma qualidade de vida piorada em 10% (na época me parecia 80%, mas eu não sabia o que estava por vir). Quer dizer fazer a coleta, isto é, na hora certa, coletar o esperma do homem (que basicamente bate uma punheta no banheiro do hospital) e dos óvulos da mulher (que após ficar inchada de hormônios vai para a sala de cirurgia para a coleta de folículos). É uma operação feita com anestesia total ou parcial. Em mim, nenhuma. É março de 2020, início do primeiro lockdown, ninguém tem certeza alguma sobre a covid, e estou apavorada de ir ao hospital e ficar doente. Sinto que é a coisa mais absurda a ser feita, ir a um hospital. Não há nem mesmo a obrigação de uso de máscara. Eles te dão uma lá dentro, e lá dentro não pode entrar ninguém, ninguém pode te acompanhar. E não é tudo. Eu já disse: não há anestesistas disponíveis por causa da emergência sanitária. «Quer deixar para daqui a alguns meses?», perguntam-me. Mas eu não sou alguém que, depois de ter colocado uma coisa na cabeça, consegue procrastinar. Faço a coleta, como dizem, na raça. «Você merece ficar grávida depois de tanta dor», me diz uma enfermeira, às lágrimas. Eu penso caralho, por que sempre relacionam a palavra maternidade à palavra sacrifício e dor? Também por isso, talvez eu tenha merecido não ficar grávida. Porque não suporto essa figura da mãe sofredora que se imola pelos filhos e desaparece como ser humano.

Após a coleta, os médicos unem os óvulos da mulher aos espermatozoides do homem. Há vários níveis e vários métodos, a depender da idade. Em março de 2020, eu já estou com 40 anos e meio. Escolhem o nível máximo, fecundar os embriões in vitro e ver quais chegam ao quinto dia e se tornam blastocistos. Sobrevivem dois deles. Implantam ambos, pois no Umberto I não fazem criopreservação (ou seja, não é possível conservar os blastocistos para serem usados em um segundo momento). Sigo com mais remédios, e tenho certeza de que estou grávida (santa inocência). Durante toda essa saga, durante toda essa tortura, antes e depois, quantas vezes não vou morder minha língua para não dizer a Andrea: estou sendo torturada e você só bateu uma punheta no banheiro. Espero quinze eternos dias para entender se, como dizem no jargão, os embriões foram implantados (eu tenho um pânico latente de que os dois sejam, juro e perjuro que se engravido de gêmeos eu morro, me mato, me jogo da janela — por isso também serás punida —, mas os médicos me garantem que não acontecerá — depois vou entender que essa é uma garantia sem sentido). Espero esses quinze dias sentindo-me muito, muito grávida. Giulia, a única que sabe, me diz: não coma embutidos, não coma pimenta, lave as verduras com bicarbonato. Temos certeza de que estou grávida. Passo o tempo estudando na internet os mais ínfimos sintomas de gravidez. Para Andrea, nunca falo nada. Não faço ideia do quanto, depois de tudo acontecer, não precisar mais lavar as verduras com bicarbonato vai cortar meu coração. Pequenas ações como essa. Perfuram teu cérebro, te fazem enlouquecer. No décimo quinto dia, faço o exame de sangue, o beta

HCG (popularmente, beta — você há de convir, mundo, que aprendi muita coisa). Vou ao laboratório com o coração prestes a explodir (sozinha). Hoje, detesto o caminho da minha casa até o laboratório. Quando passo perto, não sinto vontade de chorar. Queria uma bomba para fazer tudo ir pelos ares. Na época, a única coisa que me interessa é que essa criança esteja lá. Enquanto estou em uma reunião de trabalho on-line, enquanto o mundo está em lockdown, chega o e-mail do laboratório com o resultado. Zero. Nada. Preciso continuar na reunião. Não lembro nada dessa reunião. Acaba. Fecho. Digo a Andrea: «Não estou grávida». «Como assim não está grávida?», ele diz, incrédulo. Mas não é com ele que choro. Choro com meu ginecologista, o doutor S., e choro sobretudo com Giulia. Este mundo ruindo, posso compartilhar somente com ela. Mas não posso nem vê-la. Estamos confinadas. Choro pelo telefone. Desconfio que Andrea não esteja tão desolado quanto eu. Aliás, tenho certeza. Desconfio até que ele não esteja desapontado. E sinto ódio.

Não conto nada para ninguém. Nem para as minhas pessoas mais caras. Os amigos mais verdadeiros que tenho.

Aquilo que fiz em março é o último ciclo de reprodução assistida antes do fechamento total para o lockdown. Seguem-se meses em que, confinada em casa como todo mundo, enlouqueço. Preciso esperar que os protocolos sejam reativados, enquanto o tempo voa e eu entendo tarde demais que estou atrasada atrasada atrasada. Dizem-me que, na minha idade, as possibilidades de engravidar, mesmo com a reprodução assistida, são menores que quinze-vinte por cento. Para alguns médicos, chegam a dez.

Assim que retomam os protocolos, em 20 de abril de 2020, começo de novo. Porém, tudo está diferente. Procurei notícias por toda parte — sozinha, Andrea não procurou nada — e encontrei uma clínica conveniada em outra cidade, em Y. Os profissionais da clínica fazem consultas em Roma, mas as coletas e a transferência são feitas em Y. Depois de ter me informado sobre a médica de referência da clínica, garanto a Andrea que o único esforço que lhe peço é o de ir a Y. no dia da coleta. Faço toda a pesquisa sozinha. Faço todas as consultas sozinha. Faço tudo sozinha.

Não estou escrevendo isso para culpabilizar Andrea; este é um resumo; não posso me demorar. Começo de novo os tratamentos hormonais, infinitos, caros. As ultrassonografias, infinitas, caras. Os exames de sangue, infinitos, caros. Acordo ao nascer do sol com uma dor de cabeça que não dá trégua e vou ao consultório romano da ginecologista de Y. para fazer as ultrassonografias de monitoramento. Espero horas e horas a minha vez, primeiro para fazer os exames de sangue em um laboratório conveniado com a clínica, depois para fazer as ultrassonografias com a ginecologista. Fico do lado de fora do laboratório, no frio das sete da manhã, na fila. Com a covid, não podemos entrar no laboratório para esperar. Fico nas escadas, em frente à entrada do consultório da ginecologista, em pé ou sentada nos degraus. Com a covid, não podem entrar mais de quatro pessoas por vez no consultório. Somos tantas. Compartilhamos nossas experiências. Eu sou uma das mais velhas. Me sinto velha. E estou muito cansada.

Volto para casa e estou nervosa, furiosa com Andrea que não precisa passar por nada disso — mas não lhe digo nada, porque tenho medo de que responda: então chega. Furiosa porque Andrea parece não enxergar o que estou passando.

Faço tudo. Os remédios os exames as injeções. Corro o risco de hiper estimulação. Fazemos as coletas, mas não podemos fazer a transferência. Falam de dois meses ou mais.

Preciso voltar a menstruar, preciso tomar pílula, preciso esperar mais. *Estou esperando* passa a ter o sentido oposto. Não estou grávida, não estou esperando um filho. Estou à espera de fazer algo que tem 10% de sucesso. Quando me dizem que não posso fazer a transferência logo após a coleta, que devo esperar meses — enquanto isso, como você está velha para ter um filho, como você está cada vez mais velha —, queria voltar para casa e virar a mesa de cabeça para baixo. Rasgar o sofá com uma machadinha. Ganhar um abraço do Andrea. E, no entanto, tomo um comprimido para «reprogramar os ovários».

A menstruação deveria vir em junho. Não chega nem em junho, nem em julho. É um verão de espera infinita. Odeio a palavra espera. Eu sempre a odiei e agora odeio ainda mais. Em junho Andrea aceita um trabalho de direção longo e difícil. Desde então, desaparece. O trabalho o suga nem sei quantas horas por dia. Quando volta, está nervoso e cansado. Perco qualquer contato com ele e falo somente com Giulia. Depois Giulia também sai de férias. Eu também, primeiro para uma casa na Toscana — sem Andrea —, depois para Sperlonga, perto de Circeo, de onde, naquele momento, não poderia imaginar que precisaria fugir de madrugada quase um ano depois, pela rodovia Pontina, esperando não sangrar até a morte. Naquele agosto de 2020, passo um mês em Sperlonga com quatro amigos muito queridos. Andrea nos encontra nos finais de semana ou por poucos dias mais. A esses quatro amigos queridos, não digo nada. Não ficam sabendo de nada.

Eu tomo hormônios, comprimidos, remédios. A menstruação finalmente chega. Dia 11 de agosto. Preciso começar a terapia para ajudar os ovários e o endométrio a estarem preparados para o implante. A partir do dia 18, preciso começar as ultrassonografias de monitoramento para entender quando poderei fazer a transferência em Y. Naturalmente, nos arredores de Sperlonga, uma cidadezinha litorânea onde adoraria me perder na alegria de uma espera, não há laboratórios abertos para fazer ultrassonografia nos dias de Ferragosto.[22] Mas é necessário que eu faça agora os monitoramentos, do contrário terei que esperar outra menstruação. Esperar de novo, não aguento mais.

No dia em que minha menstruação desce, passo o tempo inteiro ligando para as clínicas de ultrassonografia dos arredores. Telefono, pergunto, no fim, imploro. A ginecologista do centro de Y. me diz para deixar para lá, para tentar no próximo ciclo. Pela segunda vez, me dizem: não quer pular este ciclo? Não quero e não posso. Na praia, passo o dia inteiro ao telefone. Pergunto a Andrea — que está conosco nesse dia, porque teve férias de Ferragosto: «Me ajuda?». Não me ajuda, está lendo o último livro de Stephen King. Eu nem fico brava. Não posso gastar minha energia. Preciso me manter concentrada. Quando o sol está se pondo, ele terminou o livro e eu encontrei um ultrassonografista em Terracina, a meia hora, quarenta minutos, de onde estou. É um desconhecido, estava de férias, eu lhe supliquei. Sou boa em suplicar aos médicos.

Dia 18 de agosto às 8h começo o primeiro monitoramento. Andrea não vai comigo. Está com sono. Depois volta para Roma porque precisa retomar o trabalho no set. Eu invento para meus amigos o motivo pelo qual, por quatro

---

2   Atualmente, é uma festa laica italiana comemorada no dia 15 de agosto, em pleno verão. É geralmente celebrada entre familiares e amigos, na praia ou na montanha, com refeições compartilhadas. Como a maior parte das comemorações populares italianas, mescla elementos da tradição romana pagã e do cristianismo. [N.T.]

36

vezes, em dias alternados, acordo com o nascer do sol e vou a Terracina. Minto muito bem. Sempre menti muito bem. Muitas vezes, em minha vida, perguntaram como as pessoas conseguem acreditar nas merdas que invento. Talvez não queiram saber a verdade, talvez seja um talento meu mesmo. Não sou uma mentirosa em série. Pelo contrário. Invento mentiras, mentiras cabeludas até, só quando se trata daquela minha barragem que está fechada e não quero olhar, não quero compartilhar. Faço isso desde que me entendo por gente.

Me entupo de hormônios, injeções, óvulos, comprimidos de progesterona. Meu telefone está cheio de alarmes: eu, que sou a desordem em pessoa, não posso errar nada. Tomo Folidex 400 microgramas, PredSim 5 mg, Selaparina injeção 0,3 ml, Primogyna comprimido 2 mg (um pela manhã, um na hora do almoço, um à noite), Pleyris solução injetável 25 mg (duas injeções por dia), Estradot adesivo 50 mg (dois a cada 48 horas). Tenho dez alarmes no telefone. Passo o dia todo com meus amigos. Toda vez que um dos alarmes toca, eles estão junto. Às vezes consigo tomar os remédios um pouco antes do alarme, outras — quase sempre — toca na frente deles. «Para que este alarme às duas da tarde?». Dou risada. «Nada, esqueci de tirar», digo. «Para que este alarme à meia-noite?» Rimos porque sou estranha, sempre fui estranha, e um pouco a mais ou a menos de estranheza não faz tanta diferença. Um dia, porém, durante o jantar, quando o alarme toca à meia-noite, Emilio diz, inocente: «Mas o que você anda aprontando com tantos alarmes?». Estou sempre em situações de constrangimento, coloco óvulos no banheiro do balneário, aplico injeções às pressas no banheiro do restaurante. Às vezes as injeções têm que ser diluídas: pó medicinal, frasco d'água. Em banheiro de bar é desconfortável, não é limpo, e morro de medo de errar.

Mas o que posso fazer? Emilio fica esperando uma resposta divertida. Eu não preparei uma desculpa — vai saber como, já que sempre tenho desculpas, invento coisas para tudo —, respondo gaguejando «estou fazendo um tratamento ginecológico», assim sei que ele não vai perguntar mais nada. Por que não inventei uma desculpa?

Não inventei uma desculpa porque espero um dia poder dizer, pronto, é por isso que coloquei todos esses alarmes. Pelo menos uma vez quero um mínimo de sinceridade. Não quero mentir. Mas tenho que guardar este segredo para mim o maior tempo possível.

Tomo os remédios. Aplico as injeções. Faço as ultrassonografias. Envio para a doutora da clínica de Y. No fim, recebo um ok. Dia 31 de agosto devo estar em Y. para o implante. Naturalmente, Andrea não estará comigo. Tenho três blastocistos. Perguntam se quero implantar um ou dois. Aconselham que seja um, pois a gravidez gemelar pode ser muito perigosa. Em Y., fazem criopreservação. Se decido implantar um, posso usar os outros dois depois. Poderei tentar de novo, se der tudo errado.

Gostaria de conversar com Andrea, mas ele não acompanhou nada, não estudou nada, não está como eu com a cabeça tomada por tudo isso desde outubro de 2019 — momento em que fiz a primeira consulta de reprodução assistida no Umberto I. Ele me diz: «Bem, vamos fazer o que eles recomendaram». De repente, explodo em fúria. Não é menos grave ou mais grave do que da outra vez, mas agora não aguento mais. Fico emputecida como não havia ficado antes (e não porque o odeie, mas porque preciso que ele fique do meu lado, não me enfureço porque não me convém; me torno uma estrategista, uma matemática, uma calculadora como nunca fora antes). Desta vez sim. Desta vez fico realmente emputecida. Jogo na cara sua completa ausência. Só por mensagem, no entanto. Depois eu paro, preciso me manter concentrada. Combino com a clínica o implante de um embrião, como foi aconselhado por eles.

Dia 30 de agosto volto para Roma, no fim de tarde. De carro, eu e meus amigos queridos que nada sabem. Disse que no dia seguinte eu precisaria ir a Y. para uma consulta médica. Inventei uma mentira que já esqueci, mas eles acreditaram.

Na manhã seguinte pego o trem para Y. ao amanhecer. Parece que o inverno chegou de repente. O frio é enlouquecedor. Tem a covid. A que ponto estamos do lockdown? Não me lembro. É o momento em que, desde a metade de agosto, os contágios estão aumentando de novo. Em Y. não é permitido sentar nos bares, restaurantes, em lugar algum. Só aceitam encomendas. Não quero comer, queria só me sentar. Estou com frio, está ventando e chovendo. Pego o trem que me leva à clínica de Y. Tem a covid. Só posso entrar quando chegar a minha vez. Espero fora, no frio. Todas as mulheres estão com o namorado ou o marido. Tento não pensar nisso. Preciso me manter concentrada. Faço a transferência, que dói demais — tenho útero estenótico, sinto dor até nesta operação que não deveria causar dor. Enquanto me operam, dizem: «Olha como o blastocisto corre pelo teu corpo, é emocionante». Para mim não é nem um pouco emocionante. Não quero olhar. Não quero ter esperança. Trata-se de uma operação mecânica. Não me emociono.

Pego o bonde de volta, estou cansada e tenho esta coisa dentro, na qual não quero pensar senão como «coisa». Chego à estação uma hora antes do trem que me levará a Roma. Tem a covid e está frio. Tudo é proibido. Sento no chão, no meio-fio, na rua. E espero. Em teoria, isso também é proibido.

Pausa.

Nos últimos três anos, até agora, neste 31 de agosto gelado, trabalhei em meu novo romance. Nunca pensei que houvesse uma conexão entre a história de uma mulher confinada em casa com as duas filhas que não quer mais, e tudo isso que estou fazendo para ficar grávida. Eu realmente nunca pensei desta forma. E, de fato, não há. Durante o verão de 2020, em Sperlonga, fico pensando no título do romance e na capa. O livro vai sair em janeiro de 2021. Nunca pensei em um livro como um filho, agora menos ainda. Só a ideia me dá vontade de vomitar. Livros não são filhos, de modo algum. Mas é em torno dos livros que minha vida sempre gira. E, portanto, eu me divido entre estas duas esperas. A espera do romance que está para sair, todo o trabalho que tive para escrevê-lo, reescrevê-lo, editá-lo, procurar o título, preparar o lançamento, e esta outra espera. Esperança que faz o coração bater de verdade, a de ficar grávida. Esperança que faz o coração bater de verdade, a de que o livro seja muito bom, faça sucesso, seja recebido com festa.

Este é um resumo, mas preciso tocar em um ponto. Preciso ser sincera. Não tive um filho antes, quando ainda estava em tempo, porque não poderia ter realizado meu trabalho do mesmo jeito — e tive pavor de não poder realizá-lo — se tivesse tido um filho. Ninguém no mundo te ajuda a ser ao mesmo tempo uma mulher ambiciosa e uma mulher que deseja se tornar mãe. A primeira vez que engravidei, posso dizer o que eu quiser, mas o motivo pelo qual abortei é que eu queria ser escritora. A segunda vez também.

Voltemos aos dias de espera. Estamos editando o livro, preparando o lançamento, trabalhando no título e na capa, e eu me divido em duas. Uma é a que trabalha, a outra é a que monitora de forma obsessiva todos os sites sobre gravidez.

Tenho um casamento em Procida. Andrea vai ao meu encontro mais tarde, pois tem que trabalhar. Os dias passam. Faço o teste de gravidez. Não digo nada à ginecologista do centro de Y. Não digo nada a Andrea. Conto tudo para Giulia. Mando foto do teste. «Acha que é positivo?», pergunto (não é um teste dos mais sérios, é uma faixinha que parece de papel tornassol, tem que entender se a linha rosa está lá mesmo ou se é imaginação). Giulia diz: «É sim! Você está grávida, é sim!»; eu não sei se estou enxergando, se a foto está ruim, chega o dia do exame de sangue e tenho que ir para Procida. O resultado ainda não chegou. Na barca, em meio a amigos e conhecidos que nada sabem, chega o e-mail com a resposta. Em vez de negativo, desta vez tem um número ao lado da palavra beta: 76. Verifico e compreendo que é pouco, mas a ginecologista do centro de Y. e Giulia e eu dizemos sim, vai dar certo. Parece que vou explodir, mas não digo nada a Andrea.

Não lhe digo nada quando chega — ele sabia que eu receberia os resultados, me perguntou várias vezes se tinha notícias, mas sem muita convicção —, não lhe digo nada até tarde da noite, quando chegamos ao hotel. Não sei como ele pôde esperar até aquela hora para saber. Deve ter intuído, pois se fosse negativo eu teria dito apenas um «não». Não sei como ele fez para respeitar os meus «espera, depois eu digo». Fico um pouco espantada, e um pouco brava. Ele não dá a mínima importância: é o que eu sempre penso. E digo a mim mesma: você não tem que dar importância para a pouca importância que ele dá.

Naquela noite eu lhe conto do resultado, digo também que precisamos esperar, pois o número beta é muito baixo. Poderia ser um falso positivo, algo que não consegue se formar e se desfaz. Digo isso, mas não é o que penso. Tento não explodir de alegria. Ele sorri. «Diz alguma coisa, você está feliz?» Mas, se fosse a personagem de um livro, Andrea não diria muito mais que isso. Posso perguntar quantas vezes eu quiser.

Na manhã seguinte, contudo, fica o tempo todo ao meu lado durante o casamento.

De tarde vamos com nossos amigos dar um mergulho no mar de Procida, um mar de um azul escuro e profundo. É delicioso. Digo a esta coisa que está dentro de mim: olha, isto é o mar.

Dois dias depois, no trem de volta, sinto que algo não vai bem. Não sei se é uma sensação física, mental, ou apenas uma coincidência. Na barca e, depois, no trem, falo com meus amigos do calor que fez, de como estava bom o macarrão com vôngoles, dos convidados simpáticos e antipáticos, e escuto falarem de como era lindo o vestido da noiva e dos convidados simpáticos e antipáticos, mas na verdade só ouço uma coisa: que tudo acabou. Naquela noite refaço o teste. Quase não dá para ver a linha. No dia seguinte refaço o beta. Diminuíram. Diminuirão até sumirem. Se eu pudesse, sumiria também.

Tudo de novo.

Esperar que a menstruação volte.

Exames, remédios, ultrassonografias, tudo. Tudo de novo.

Os meses passam.

O lançamento do livro se aproxima.

Achamos o título. Achamos a capa.

Gosto demais. Do título. Da capa.

Agora, enquanto escrevo, tento olhar para aqueles meses. Não vejo nada. Não lembro de nada. Agora, enquanto escrevo, paro de escrever para ver as fotos no meu celular. Elas devem me dizer algo sobre o que eu fiz enquanto esperava que minha vida finalmente acontecesse; nestas duas frentes que não vão mais se separar. Tento lembrar de mim trabalhando no livro. Tento lembrar de mim fazendo os exames, os ultrassons, e o resto. E fazendo outras coisas além dessas. Com certeza.

Olho as fotos. Não me dizem nada.

Andrea trabalha o tempo todo, o dia todo. Eu trabalho no lançamento do livro e espero. Que meu romance saia. Que meu filho exista.

Estou emocionada, esperançosa, elétrica, desmoralizada, decepcionada, esperançosa, elétrica, cansada, cheia de hormônios e de remédios, cheia de injeções, emocionada, esperançosa, elétrica, desesperada; mentirosa.

Em novembro volto a Y. para o implante. Pouco antes, me ligam para perguntar quantos blastos (falam assim, tipo um apelido amigável, blasto em vez de blastocistos, ultrassom em vez de ultrassonografia; vou me adaptar e falar assim também) quero implantar daqueles dois que restaram. Queria implantar ambos, já que estou prestes a completar 41 anos e que duas tentativas não deram certo. Mas já me deixaram apavorada com a possibilidade da gravidez gemelar, e não sei se posso. Peço opiniões. Um dos ginecologistas do centro de Y. me diz: «É uma escolha sua, mas entendo se quiser tentar com dois. Quem não joga não vence», me diz. «Mas esta é minha opinião pessoal, hein.» Falo com Andrea, no pouco tempo em que nos vemos. Brigamos muito nesses meses. Briguei com ele descaradamente. Sem me preocupar com a possibilidade de ele dizer chega, não quero mais. Briguei tanto que pela primeira vez em seis anos uma noite eu disse: não volte a dormir aqui. Ele: «Está bem, vamos tentar com dois».

Vou de novo a Y. Vou de novo sozinha.

Mas desta vez não é fim de agosto com um vento gélido que dói até os ossos. Desta vez me deixam sentar na sala de espera, desde que usando máscara. E, enquanto espero minha vez, me liga a editora-chefe da editora que publicará meu livro em janeiro. Estamos quase fechando a versão definitiva do livro, a que será impressa. Pergunta se tenho tempo de tirar as últimas dúvidas. Sem pensar, eu quase digo: me liga mais tarde. Mas em seguida compreendo que não quero. Na solidão desta sala de espera cor-de-rosa, pego o fone de ouvido, abro o computador, e sussurro: «Estou na sala de espera de um médico, mas se quiser podemos ir começando». Ela me responde que pode esperar, que não há pressa. Mas eu quero trabalhar no meu romance. Não quero ficar aqui esperando, sozinha e assustada. Não é do meu feitio me sentir sozinha e assustada. Deste telefonema, eu nunca esquecerei. Agora, enquanto escrevo, o vejo gravado em minha memória. Ela, com cuidado, me submetendo suas últimas dúvidas. E eu respondendo, e o tempo naquela sala não só passa mais rápido, mas é um momento de extrema ternura. Estou agindo, que é a única coisa que sei fazer. Estou agindo pelo livro, e estou agindo por alguém que poderá nascer de mim. Permaneço nessa sala de espera não sei por quanto tempo. Conseguimos terminar nosso trabalho. Pouco depois, me chamam. «Está pronta?» Estou. Vocês não têm ideia de há quanto tempo estou pronta.

Stop.

Entre outras coisas, meu romance que está prestes a sair é também a história de uma mãe que não sabe mais se quer ser mãe. Uma mãe esmagada pela solidão, que passa o tempo todo fechada em casa com as duas filhas pequenas sem poder fazer nada além disso. Às vezes, ela odeia as filhas.

Quando escrevi, tive medo de que soasse falso. Até porque eu não era mãe. Não podia imaginar que em todo evento de lançamento me perguntariam: você tem filhos? E que eu responderia com um estado de espírito diferente em cada um deles.

Quando leu o livro pela primeira vez, uma das pessoas que trabalha na editora me disse: «Não sei como você fez para escrever sobre maternidade sem ter filhos. Ou você tem e os esconde de mim», e riu, «ou está totalmente convencida a não ter filhos», e riu de novo. Eu também ri, quantas vezes não ri enquanto meu coração partia em dois, todos estes meses, este ano — faz quase um ano — em que lancei o livro. Eu ri e acredito ter dito não, é claro que não quero filhos.

45

Nesta época, pouco antes do meu aniversário — 20 de novembro — contei para minha amiga Ada. Estávamos passando a noite juntas, sozinhas, e a certa altura, não sei como aconteceu, não consegui mais segurar. Contei a ela tudo pelo que passara até aquele momento. Ela se comoveu, e eu também chorei. «Por que você não me disse antes? Queria ter estado ao seu lado.» Mas eu não podia contar nada a ninguém. Mas agora contei para ela. De agora em diante, ela sabe.

Toda vez que conto a alguém — por ora somos poucos que sabem, Andrea, eu, Giulia e agora Ada —, sinto que perco forças. Isso também faz parte de minha barragem.

Detesto fazer terapia — não verei um psicólogo durante toda esta história, mesmo com tanta gente aconselhando, amigos, médicos e até o hospital. Odeio fazer terapia, sempre odiei, me sinto doente com psicólogos. Assim que me sento diante de um, começo a desafiá-lo. A ficar nervosa. Nunca achei que fosse aquele tipo de pessoa que, «se não der nome, não existe». Descobri que sou. Não quero dar nome a nada que me faça estar mal. Nenhum passado. Nenhum presente. Nenhum futuro. Até agora não contei a ninguém tudo o que venho fazendo não porque isso me faça sofrer — neste momento, a estúpida sensação que prevalece ainda é a esperança —, mas devido a um outro pensamento mágico. «Se você contar, não se torna realidade.» E também porque eu imaginava — quanta coisa imaginei, quanta coisa imagino ainda hoje –, imaginava e imagino de forma obsessiva o dia em que poderei ligar para uma amiga e dizer: então, aconteceu. Uma daquelas ligações que recebi tantas vezes, nos meus 42 anos. «Tenho que te contar uma coisa, Toni», e já na voz da mulher que me liga percebo o riso, e já a voz da mulher que me liga diz tudo, e não é preciso que me diga o que aconteceu, pois eu já sei, «Tenho que te contar uma coisa, Toni. Estou grávida». Esta ligação. Há quanto tempo sonho em poder fazê-la

Toda vez que digo a alguém o que estou tentando fazer, sinto que perco forças. Mas, desta vez, quando conto para Ada, é porque acho que estou quase lá. Que essa ligação acontecerá em breve. E é tão bom esperar que aconteça, junto contigo.

No dia da transferência em Y., 24 de novembro, chamo um amigo para jantar (não estamos nem aí para o toque de recolher, somos um bando de irresponsáveis). Ele está fazendo 40 anos. Passando por um momento difícil. Eu e Andrea jantamos com ele e sua companheira para que tenham um momento de alegria. Estou com meu amigo, mas também estou muito distante.

Acabei de voltar de Y. Se tem algo dentro de mim, é assim que o preservo. Com este jantar.

No dia seguinte faço vinte quilômetros a pé, uma caminhada subindo o Monte Mario. Minha amiga Giulia disse: «Olha lá, não deixe de caminhar, mas não se canse». Eu não pretendia escalar o Monte Mario, mas acabou acontecendo. Faço os vinte quilômetros e me sinto ousada, arrogante, nem sei por que estou fazendo isso. Por que fui tomada por uma ingênua confiança? Em quê? Em quem? Ou por que não sou uma boa mãe e não sei cuidar dos meus filhos? Ou porque nunca cresci e ainda faço minha vida girar, como sempre, em torno de um desafio (por outro lado, quem estou desafiando agora)? Fiz muita merda — horríveis, ótimas — quando era adolescente, e ainda estou fazendo. Uma voz me diz: mas é perigoso! Ou mesmo: não se faz! Eu finjo pensar e depois respondo: quero mais é que se foda, se faz sim.

«Bom dia, doutor, ontem fiz novamente o beta. São 6.682 (transferi dois blastocistos, espero que um tenha vingado...). No centro me disseram para continuar com o tratamento e refazer o beta daqui a 5-7 dias. O que o senhor acha?»

O telefone onde estão as primeiras mensagens em que o número de beta finalmente está positivo e altíssimo — em torno de 700 —, eu perdi.

Não há vestígios daquelas mensagens.

Não há vestígios de quando fiz, escondida, os testes de gravidez — escondida de todos, exceto de Giulia —, de quando lhe mandei o primeiro resultado, nem de quando o mandei para a doutora do centro de Y., ou para meu ginecologista de Roma, o doutor S.

Há um salto entre as mensagens, que passam da última vez em que deu tudo errado, em 15 de dezembro, dia em que escrevo essa mensagem ao meu ginecologista de Roma — meu verdadeiro ginecologista, que será um pai, um médico, e também os altos e baixos de um pai, e também os altos e baixos de um médico. Não há resposta a essa mensagem. Porque ele me liga. Me liga na mesma hora e fica feliz, pois me acompanhou em todos esses anos de tentativa. E fica emocionado, e sua voz feliz é maravilhosa para mim.

(Tem certeza de que você aguenta ler estas mensagens? Tem certeza de que aguenta abrir a pastinha do horror em que você guarda todos os exames, os estudos médicos, os relatórios de tudo o que aconteceu? Tem certeza de que aguenta escancarar essa porta? Enquanto escrevo, neste momento, Andrea está do meu lado. Está trabalhando. Não lhe disse que continuo a escrever este livro. Queria tanto dar estas páginas para ele ler, mas de novo mergulhei no silêncio.)

Nos dias em que meus beta fermentam, duplicam, quadruplicam (é só eu abrir o site do laboratório de análises para baixar novamente os relatórios com o número exato dos primeiros beta, será que consigo? Não, não consigo, e de fato eu escrevi «algo parecido com 700» para não olhar os resultados, mas ou você toma coragem para escrever este livro ou não toma. Então, tudo bem, deixo passar um ou dois dias, vou à página dos resultados, clico. Baixam no mesmo instante. Olho todos — 8 de dezembro: valor beta 258, 10 de dezembro: 764, 14 de dezembro: 6.682 —, uma voz me diz para, para com este livro, qual é o benefício de toda esta dor, mas não posso parar, imediatamente jogo fora os arquivos dos resultados, abre a pasta download, deleta, deleta, deleta), nos dias em que meus beta fermentam, Andrea está filmando. Se é que é possível, está mais ausente do que antes. Estou felicíssima com o número de beta, mas também estou apavorada. Sei que transferi dois embriões. Sei que no centro de Y. me explicaram de todas as maneiras que uma gravidez gemelar é muito perigosa. Também sei, com toda certeza, que não quero gêmeos. Não sou capaz nem de pensar em gêmeos (você mereceu). E assim, com esses beta que pululam em direção às estrelas de dezembro, faz frio, tenho vontade de vomitar, e não quero dizer nada a Andrea porque tenho medo de que ele se assuste, o meu receio (será que são dois?) eu guardo para mim.

Aliás, não, eu falo de meu receio para Giulia. Conto e falo com Giulia. Ela ri, nervosa, «imagina, não vão ser dois», me diz, e por telefone verificamos os beta da primeira e da segunda vez em que ficou grávida, no primeiro, no segundo e no terceiro exames. Giulia é paciente porque é comigo, normalmente ela não é paciente, mas nunca deixou de ser durante todos estes meses, eu lhe dei esta responsabilidade enorme de ser o meu ponto de referência nesta história, e ela aceitou. Não é nunca a Andrea que falo de minhas apreensões, de meus medos com relação ao trabalho — fico sempre morrendo de medo de que ele diga: ué, se está com medo, melhor não continuar com isso —, é para Giulia que conto os pesadelos que tenho — o romance, gêmeos —, é para Giulia que mando fotos e mensagens e screenshots. Ela está presente.

A dúvida consome minhas entranhas. O que eu faria com meu trabalho se fossem gêmeos? Meus pais vivem longe, a mãe de Andrea está sempre ocupada. Não temos dinheiro para pagar uma babá. Andrea, quando está preparando um filme, e depois, durante as filmagens, praticamente desaparece. Como faríamos se fossem dois? O que seria de meu trabalho, ou seja, de mim?

Mas tenho que ser totalmente sincera. O trabalho é minha maior preocupação. O que talvez seja compreensível para muitos. No entanto, tenho outra preocupação: as viagens. Eu amo viajar. É o que mais amo fazer, depois de escrever. Como eu faria para continuar viajando se fossem gêmeos? E se fosse um só? (Você, com esses pensamentos de gente idiota e egoísta, bem que mereceu.)

Hoje, novembro de 2021, quase um ano depois, o meu eu vazio rechaçaria o meu eu mãe de um ano atrás. Como é possível que você não veja que é a pessoa mais sortuda do mundo, Antonella? Ou melhor, Toni, como eu mesma me chamo. Caralho, ela diria (com a voz tremendo, para esse eu fraco e inútil que sou hoje), caralho, aproveita este momento. Porque quando passar você terá que lutar como nunca para não enlouquecer. E olha que foram muitas as vezes em que você teve pavor de ficar louca. Mas nunca uma sensação de desespero como esta de agora.

Nos dias que não deixaram vestígios porque perdi o telefone, começo a sentir enjoos. Mas não me sinto cansada, não sentirei cansaço durante toda a gravidez. Não fico cansada, mas fico apavorada. E então eis que perco o telefone. E passo aquele dia, enquanto Andrea não é mais que uma sombra, é só um nome longínquo, como alguém que não se vê há décadas e de quem não se lembra mais, passo este dia indo para lá e para cá, a pé, por toda parte — desde que fiz o implante não posso usar a scooter e depois, quando toda essa história tiver terminado, gastarei centenas de euros em táxis, porque a scooter terá me traído, como todo o resto, essa scooter que hoje posso usar sempre que eu quiser é o símbolo de tudo o que perdi, e nunca mais quero ver aquela scooter —, pois preciso comprar outro telefone e esses beta estão tão altos e continuo dizendo para Giulia e se forem gêmeos?, e Giulia diz tomara que não, e eu digo tomara que não, depois ela diz dá para levar com gêmeos, e eu digo não, gêmeos que nada, não dá para levar, tá louca, imagino cenários — os cenários pelos quais comecei a querer um filho tarde demais, os cenários que são uma imagem precisa, meu trabalho como se fosse um palácio construído com esforço, ano após ano, que de repente implode e se torna pó, eu em casa o dia todo enquanto outros vencem prêmios Nobel, prêmios interestelares e vão para a Lua —, imagino cenários de destruição e me sento no degrau do portão de casa, está frio, é dezembro, fim de tarde, tudo escuro, Andrea não reage à notícia de que a gravidez vingou (cedo demais para dizer *estou grávida* — essa frase na verdade eu nunca direi, pois não vai dar tempo de dizê-la), estou sentada nessa merda de degrau, desesperada, digo a minha amiga, se forem gêmeos vou embora, fujo, ela responde, rindo: «Não dá para fugir para lugar nenhum, aonde quer que você vá, sendo um ou dois, estão dentro de você».

E neste instante me dou conta (tive momentos grandiosos de realização, seguidos de momentos terríveis de não aceitação, seguidos de momentos de maravilhosa alegria e completude, mas nunca me acomodei em nenhum desses momentos, nunca consegui), neste instante me dou conta, vejo pela primeira vez este, estes, um, dois, dentro de mim, tadinhos, às voltas o dia todo chacoalhando, para a frente e para trás na loja da Apple, para baixo e para cima dos cinco andares que subo a pé no meu prédio, com esta mãe boba que os quis tanto e agora os teme tanto, me dou conta e digo: não posso fugir. E pela primeira vez em minha vida a frase não posso fugir é uma surpresa esplêndida. Não só não posso, como não quero fugir. Aonde eu for, ele vai, ela, ou eles. Estão sempre comigo. Sentada naquele degrau, no escuro e no frio, é uma descoberta incrível.

Não posso fugir. Mas, sobretudo: não quero.

(Enquanto isso, continuo tomando remédios, aplicando injeções, é preciso continuar até o terceiro mês de gravidez; manterei os alarmes que a esta altura uso há meses, com essas e outras injeções. No dia em que eu não precisar mais deles, os silenciarei chorando. Mas ainda não terei coragem de apagá-los. Os alarmes, com sua precisão de horários, com os nomes dos remédios a tomar ou aplicar. Depois, um dia, vou respirar fundo e apagar todos. Será o momento da eliminação: um que não vou demorar nem um segundo para apagar, um outro que vou apagar sem dar ao meu cérebro tempo de chorar, de lembrar, apago e na mesma hora me viro em direção a Andrea, que não viu nada — e lhe pergunto: «Sabe porque às vezes faz frio e outras vezes um calor enorme?».

«Não», ele dirá, para não estragar minha brincadeira de menina de cinco anos. «Eu sei: porque existem as estações. Outro caso solucionado pelo inspetor Antonio», que sou eu. Ele vai sorrir e dizer: «Como você é boba». E eu serei um inspetor Antonio deslumbrante, em ótima forma.)

«Bom dia, doutora», esta mensagem é para a ginecologista do centro de Y. que acompanhou o meu procedimento de inseminação artificial, «vou te mandar o meu beta. O número está um pouco alto ou normal?»

Resposta: «Vamos esperar o primeiro ultrassom para ver se são um ou dois;)». Mas que emoticon de piscadinha é esse? Foi você quem me disse que será uma tragédia se forem dois. Que merda de piscadinha é essa?

Eu: «Mas será que o risco de serem dois é mesmo tão grande?».

Ela: «Bem, vamos ver na ultra. Eu te falei para implantar só um».

Mas qual o sentido dessa piscadinha? Vai rir do quê, se eu tiver feito merda? Vou ter que te lembrar que eu tive o consentimento do outro médico do seu centro para implantar dois?

Não tenho essa mensagem, lembro de cabeça. Pode estar imprecisa, mas o sentido é esse. Vejo claramente o emoticon da piscadinha, ficou impresso na minha mente. Conto para Giulia, e Giulia diz: «Mas que imbecil. Por que você não manda ela tomar no cu?». Nesta história, não vou mandar ninguém tomar no cu.

Não terei vontade, coragem, nem força para fazer isso. Às vezes por estar tão feliz que deixo as injúrias para lá, às vezes por estar tão desesperada que deixo as ofensas para lá, às vezes porque estou à mercê dos médicos e não posso mandá-los tomar no cu, a vida das minhas filhas ou a minha depende deles, às vezes porque estou aniquilada, atordoada de tanta alegria ou de tanta dor, às vezes porque não quero ficar brava estando grávida. Tenho medo de perdê-lo. Perdê-la. Perdê-los.

Mas agora, enquanto escrevo, meu ódio resplandece sólido como granito. Cortaria a garganta, uma a uma, das pessoas que fizeram esta história ficar ainda mais insuportável. Não sinto piedade nenhuma.

(Quando tudo isso tiver acontecido, os que sabem terão receio de falar de filhos comigo. Ou, quando alguém que não sabe da história falar de filhos ou de gravidez, os que sabem vão me olhar, preocupados. Andrea tentará evitar filmes com gravidez e filhos, ou qualquer coisa que faça lembrar de crianças. Eu, no entanto, direi não não, podem falar, dizer, contar, eu preciso ver, preciso sentir, preciso tocar. Não faz mal, eu direi. É minha terapia de choque particular. Minha recusa particular de tudo o que aconteceu. Não sei se faço bem ou mal, me parece que faço bem aos outros deixando-os livres para dizer o que quiserem. Acredito fazer bem a mim mesma, pois não posso viver assim. Enquanto isso, tudo me dói. E com o tempo todos parecem ter esquecido o que aconteceu, porque eu nunca toco no assunto. Isso me dói ainda mais. Não ter mais ninguém que me pergunte como você está, me diz. Eu sei que fazem assim acreditando ser melhor para mim: não querem tocar no assunto com medo de me entristecer. Não sabem que eu sou a Toni, aquela que sempre diz umas merdas, dá risada sempre, não faz drama, faz até piada sobre o que aconteceu; e tem um buraco no peito.

Não sabem por que eu não deixo que saibam. Porque é parte da minha barragem. Contudo, se você não mostra a dor, como as pessoas fazem para estar ao seu lado?

Tem uma coisa. Pode acontecer de você mostrar a dor, e as pessoas não ficarem ao seu lado. Eu, para não correr o risco de passar por uma decepção como essa, me calo. Aliás, dou risada.)

Do que estou escrevendo pode parecer, mas Andrea não é tão insensível. Andrea não se comove, não se exalta, mas me compra flores. Ou prepara algo que adoro comer. Ou está presente, talvez sem falar nada, mas está, em todas as minhas variações de humor, em todas as minhas *bad trips*. Não em todas. Em algumas. Sobre muitas eu nem lhe conto mais, a esta altura. Às vezes, sua presença não serve de nada. Às vezes, serve.

Andrea se mostra presente o quanto acredita que deve e o quanto pode, do seu jeito, mas nesses meses nunca está. Porém esta batalha também é sua, e ele a está travando como pode. Sobre sua batalha, eu nada sei.

Não como mais azeitonas em conserva. Me dá vontade de vomitar.

Não tomo mais café.

Camarão, não como mais.

A comida que for, se tiver um tempero mínimo, não como mais. Me dá vontade de vomitar.

Sempre detestei pizza. Só como pizza. Comeria pizza o tempo todo. Amo pizza.

Todos os sabores que eu antes amava me fazem correr para o banheiro e vomitar. Com o tempo, nem vinho e cerveja conseguirei beber.

A batalha mais difícil é com o cigarro. Nem perguntei ao ginecologista, pois não aguentaria ouvir um não. Não mereço ser mãe também porque continuo fumando dois cigarros por dia. Está bem, antes eu fumava vinte. Mas você sabe, Toni, quantas não foram as mulheres que te disseram: parei no primeiro dia de gravidez.

Eu, no entanto, não paro. Tento feito louca, mas não consigo fumar menos de dois ou três cigarros.

Essas meninas que estão aqui dentro me perdoam. Mamãe, elas dizem. Você é do jeito que é. Ou não, essas meninas me odeiam. Mamãe, elas dizem, você é a pior mãe do mundo. Uma egoísta. Ou passam o dia me mandando à merda. Estão juntas, uma deitada de costas mordiscando um ramo de erva olhando o céu, outra dançando, outra encolhida de lado cochilando. Eu não sei.

Não sei nem que são três.

Nesta época não consigo comer quase nada. Mas como fico feliz quando tenho que correr para vomitar. A sensação de enjoo não me deixa nunca. Como fico feliz quando preciso correr para vomitar escondido. Só me sinto aliviada quando tomo uma Schweppes. Bebo litros de Schweppes, quase não bebo mais bebidas alcoólicas, fico preocupada que meus amigos se deem conta ao me ver mudando de hábitos de repente. Fico preocupada, mas, na verdade, era o que eu queria.

Quantas vezes na vida não quis que alguém desmascarasse as minhas maiores mentiras.

Porém ninguém diz nada quando a barriga começa a crescer — pois não tem só uma criança dentro de mim, mesmo que eu ainda não saiba —, os seios incham — «Olha esses peitos!», digo a Andrea. «Está feliz?», e ele ri, sim, está feliz, e eu também, que finalmente tenho peitos grandes o bastante para pegar.

Ninguém diz nada. Emilio, um dos amigos com que fui a Sperlonga, um dos meus amigos mais queridos, a partir de um determinado momento passa a me dizer, quando vou almoçar ou jantar em sua casa: «Comprei tua Schweppes», com um sorriso. Assim como antes me dizia: «Comprei tua cerveja». Como eu amava tomar Schweppes. Só de ver a lata eu me sentia eufórica. Como amei meus amigos, mesmo que não soubessem de nada. Mesmo que não lhes tivesse dito nada.

O ginecologista de Roma que me acompanha como um pai e como um médico, o doutor S., me paparica. Me faz ir ao seu consultório para uma primeira ultrassonografia quando lhe escrevo que os beta estão altos. Diz que provavelmente veremos somente o saco vitelino — «pelo menos vamos ver se é um ou são dois» — e nada mais. Que é cedo. Mas sabe o quanto desejei que este momento chegasse. E me diz: «Eu esperaria para fazer a ultra, mas se você quiser a gente faz».

E fazemos.

Depois, vou odiar fazer ultrassonografia. Agora, em dezembro de 2020, eu adoro.

Isto não é fácil de escrever.

Falta pouco para o Natal, Andrea e eu vamos ao consultório do doutor S. Em todos estes anos, é a primeira vez que Andrea faz junto comigo algo relacionado à nossa *busca por um filho* (me enoja usar esses termos). É fim de tarde. Já está escuro em Prati. «E se não tiver nada?», eu disse a

Giulia, «E se não tiver nada?», digo a Andrea. Mas que vivo grudada na internet procurando notícias sobre a gravidez, eu não disse a Andrea. Os aplicativos que te dizem como está e o que faz o feto a tantos dias de gestação. Os fóruns que te contam tudo de ruim que pode acontecer (*tudo de ruim*, me dá vontade de rir ao escrever *tudo de ruim* porque ninguém nunca contemplará tudo o que aconteceu comigo). Tenho pavor de ter uma gravidez ectópica. Estou convencida de que tenho. Sem motivo. Dentro de mim, tem uma voz mágica que diz: não é possível que esta coisa tão grande, tão linda, esteja acontecendo com você.

Giulia me disse: «Relaxa!». Andrea me diz: «Relaxa!».

O doutor S. me coloca deitada no mesmo leito em que me deitei um milhão de vezes para monitorar a ovulação. Tem uma mancha no meu útero. Ele ri: «É o saco vitelino». Eu digo: «O que quer dizer?». Ele diz: «Que está cedo demais para ver o embrião. Mas você está grávida. Tem só um saco vitelino. Não são gêmeos. É só um». Eu digo: «Está tudo bem?». Ele ri de novo, fala para eu me vestir e diz: «Você está gravidíssima, Antonella. Não tenha medo. Você está gravidíssima. E lembre-se de que gravidez não é doença».

Você está gravidíssima.

Gravidez não é doença.

Quantas vezes não pensarei nessas frases. Mas agora não é hora de pensar nelas. Agora é o momento em que Andrea segura minha mão. Não consigo acreditar que é verdade.

Vamos para casa com esta ultrassonografia com uma mancha mais escura: o saco vitelino. Estou convencida de que essa mancha contém tudo o que acontecerá conosco de agora em diante. É mesmo grande demais para entender enquanto você está vivendo tudo.

Poucos dias depois, ao tomar notas durante um telefonema de trabalho, acabo escrevendo no verso do envelope da ultra, pois é o primeiro papel que encontro. Quando me dou conta, digo a Andrea, rindo. Penso em todos os pais e mães que guardam e consideram sagrada qualquer coisa que tenha a ver com a gravidez. Eu também, com o passar dos meses, conservarei tudo. O fato é que poder escrever atrás do envelope da minha primeira ultra me faz sentir mãe de verdade. É tão doce. Digo a Andrea, dou risada, ele também. E vai para o set. Antes que saia, eu lhe digo, «Você está feliz ou preocupado?». Mas, se Andrea fosse uma personagem de ficção, em sua personagem não caberia um abraço com os olhos cheios de lágrimas. Não sei o que ele sente. Acho que está confuso. Acho que neste momento ele está evitando pensar, pois é cedo demais. Pois ainda pode acontecer de tudo. Se evita pensar por que a ideia o deixaria feliz demais ou apavorado demais, eu não sei. Tendo a acreditar na segunda. Mas estou pouco me lixando. Eu, estou, grávida. Gravidíssima.

«É só um! É só um! É só um!», grito no telefone com Giulia. Ela ri, «Viva», diz, «você está grávida, você está grávida».

«É a primeira vez na minha vida», digo a Andrea, «que estou feliz com um teste positivo. Das outras duas vezes em que aconteceu eu sabia que abortaria. Daquelas vezes o positivo foi horrível. Inenarrável. É a primeira vez que fico feliz.» Digo-lhe com a voz tremendo, mas, se Andrea fosse a personagem de um livro, não caberia em sua personagem me abraçar, e se comover.

Mulheres que não conseguem ficar grávidas. Essas pobres coitadas. Amigas minhas, parentes, as mulheres dos fóruns. Olho para elas de cima para baixo. Não me sinto felizarda. Me sinto superior. Eu sou a melhor. Ninguém sabe que estou grávida. Distribuo conselhos a quem não consegue assim como uma rainha distribui migalhas a seus súditos.

Quando voltamos para casa, peço para Andrea rever *A história sem fim* junto comigo. Quando era criança, eu amava esse filme. Há décadas não o vejo.

Passo metade do filme tentando não me comover. E não porque estou grávida (nem isto me acontecerá, isto que acontece com as outras mulheres grávidas, de chorar fácil, de se comover olhando crianças; eu nunca fui uma grande amante de crianças e nem agora serei). É um filme cruel, emocionante, repleto de fantasia. Hoje talvez mais bonito do que décadas atrás.

Fico tocada com a frase de Bastian, o menino protagonista, um pouco antes do final.

«Por que está tão escuro?», Bastian pergunta à Imperatriz logo após ter salvado Fantasia, quando tudo está tão escuro e galático que dá a impressão de que nossos heróis perderam.

«No início é sempre escuro», responde a Imperatriz.

Ainda te amo, *História sem fim*. Essa escuridão, que é o início, parece estar falando de mim.

Na mesma hora pergunto para a editora se ainda dá tempo de incluir, antes de mandar para a impressão, outra frase desse filme que amo entre as citações do romance.

Dá tempo. Colocamos a frase. «Mas preciso me manter com os pés no chão!» Bastian grita aos prantos, mas na verdade não é o que ele quer, e nem a minha protagonista, e nem eu.

É nesse mundo totalmente escuro, de onde tudo começa para mim, que o romance vai para impressão. É uma escuridão quentíssima.

Sairá dia 14 de janeiro. E eu, e quem está dentro de mim, estamos todos (ainda não sei que somos *todas*) aqui. À espera desse romance que está para chegar.

Como eu ansiava por ele. Como trabalhei nele. Estes anos todos, em qualquer condição, quando estava triste e morrendo de ansiedade ou quando estava morrendo de alegria e minha cabeça me levava para longe, mas eu tinha que ficar lá. Eu queria ficar nele.

Quando eu tentava naturalmente, fazia as contas com Giulia: «Se fico grávida agora e o romance sai no mês xis, como vou fazer?». E depois, quando já tinha dado início à RA, a reprodução assistida, «se der certo e nascer no mês xis, como vou fazer com o livro?». Giulia respondia às milhões de mensagens paranoicas que eu enviava quando estava no cabeleireiro chinês da Piazza Vittorio, não sei por que quando eu entrava lá começava na mesma hora a fazer contas (não vou mais a esse salão). Conservo imagens precisas: é noite, estou sentada na cadeira do cabeleireiro, quem está secando meu cabelo é o rapaz platinado que faz escova muito bem ou o rapaz alto, musculoso, que logo se aborrece e faz a escova em dois minutos, enquanto tudo ao redor cheira à comida chinesa pois quem trabalha aqui nunca para de trabalhar, nem na hora do almoço ou do jantar, e o salão está sempre aberto, também aos domingos, até as nove da noite.

Giulia respondia: «Não fique fazendo contas agora, você vai ver que, quando acontecer, você dá um jeito. Fique tranquila». Mas eu nunca estava tranquila. Eu, que não tenho a menor ideia do que seja a matemática, fazia contas em cima de contas em cima de contas. Inúteis contas e mais contas, se penso agora que sei o tanto de anos que levei para ficar grávida. Inúteis contas e mais contas porque depois, qualquer que tenha sido a conta que fiz antes, quando aconteceu, aconteceu tudo ao mesmo tempo. Uma bola de fogo disparada a mil milhões de quilômetros por hora de um planeta muito distante para dentro de mim, feita de páginas de romance e filhos. Uma bola de fogo maravilhosa. Que viria a criar e a destruir tudo. Uma terrível e belíssima bola de fogo.

(Mas depois, conforme o lançamento se aproxima, enquanto os beta explodem, enquanto passo os dias sozinha em casa — Andrea está no set, no set, no set —, mergulho no pensamento constante de que estou enganando a editora *já que* estou grávida. O pensamento de que eles trabalham comigo nesse romance há anos, confiam em mim, e eu não disse que estou grávida. O pensamento de que, se estou grávida então, estou traindo quem confia em mim, em minha seriedade como trabalhadora. Pois deste momento em diante não será mais possível distinguir, nunca mais, o que estou sentindo em relação à gravidez e o que estou sentindo em relação ao romance. O que acontece com o romance e o que acontece com a gravidez. Tenho pesadelos com a gravidez. Pesadelos em que o pessoal da editora me diz: você nos enganou. Tenho pesadelos e não conto nada a Andrea. Conto para Giulia. Conto para Bianca, outra amiga a quem eu finalmente disse. Porque a Bianca, é só ela dizer uma palavra que eu acredito. Bianca tenta me tranquilizar, diz: «Se fossem dois, tudo bem, você teria o direito de estar preocupada. Mas é um. E um recém-nascido você pode levar para todo lugar, pode fazer o *tour* de lançamento todo com ele». «Sem babá?», digo. «Sem alguém da família junto? Sem uma babysitter?» Não tenho dinheiro dinheiro dinheiro para ser a mulher ambiciosa que sou e também mãe. Sempre soube disso. Bianca tenta me tranquilizar, diz: «Você vai ver que na hora certa você encontrará uma solução». Mas que solução? Tenho pesadelos e mais pesadelos, estou cindida, sou duas pessoas em combate. Penso que quero este filho mais do que tudo. Em seguida penso que nascerá em agosto e que terei que lançar o livro grávida. Que nunca mais me deixarão trabalhar como agora.)

Escrever este livro não me faz bem.

Faz voltar a minha cabeça tudo o que eu quis manter fora do meu pensamento nestes últimos meses; na parte de mim que foi separada do mundo por uma barragem.

Hoje, 4 de novembro de 2021, pela primeira vez depois de quase um ano, cometi um erro grave. Usei um teste de ovulação — o teste que mede os níveis de LH na urina e, portanto, ajuda a reconhecer o pico da ovulação para definir quando ter relações com a finalidade de engravidar — de maneira errada. Estou com um atraso (de um dia, e nem tenho um ciclo regular). Não tenho teste de gravidez em casa. Tenho só o de ovulação. Faço este. Dá positivo. Convenço-me de que estou grávida. Que consegui de forma natural (após anos de insucesso), graças ao pensamento mágico que diz que, quando você não tem mais nenhuma esperança de ficar grávida naturalmente, você fica grávida naturalmente.

O teste de ovulação dá positivo e eu invento uma desculpa e saio correndo à farmácia — para uma farmácia em que ninguém me conheça, longe de casa — para comprar um teste Clearblue. Um daqueles supertecnológicos, que revelam a gravidez seis dias antes do primeiro dia de atraso. Um daqueles com 99% de precisão, com display digital para mostrar o resultado. Faço o teste no banheiro de um bar. Errei. O teste

68

dá erro. O sinal de erro é um livrinho aberto (eu juro). Vou a um almoço de trabalho. Não entendo mais nada, tenho certeza de que estou grávida. O almoço de trabalho acaba e volto para casa. Compro outro teste no caminho. Me tranco no banheiro. Não tenho coragem de mostrar este meu lado estúpido para Andrea. O teste leva uma eternidade para dar o resultado. NÃO GRÁVIDA escrito gigante aparece depois de uma espera que me pareceu durar uma hora. Nunca mais tinha feito um teste, até começar a escrever este livro. Este livro me faz mal.

Não sei se consigo me explicar. A única imagem que me vem à cabeça é a de um cavalo de corrida na largada esperando e batendo as patas para começar a correr. Eu, nos últimos meses, desde que tudo aconteceu, estou aqui, na linha de partida. Não há um dia, não há uma hora em que eu não pense nisto. Um filho.

Estou aqui, parada na largada, esperando o momento.

Desde que comecei a escrever este livro, no entanto, deram a largada e eu estou correndo. Sinto o vento nas crinas e a pista sob minhas patas e, mesmo sem saber em qual direção estou correndo, corro feito louca, como uma endemoniada, estou correndo de novo como há um ano, como há dois anos, tudo o que tenho em mente é o fim desta corrida, e não paro mais. Por isso, hoje, fiz o enésimo teste de gravidez. Isso não faz sentido algum. Não o repetia desde dezembro passado — quase um ano. Hoje eu fiz três, para ter certeza. Obsessivo-compulsivamente. Como se o resultado pudesse mudar.

Passou um dia desde que escrevi que tinha feito os testes. Minha menstruação desceu. Este livro exerce influência sobre mim.

Minha menstruação não desceu de abril de 2021 a outubro de 2021. Toda esta história é uma história de sangue. Dia 7 de outubro começo a escrever este livro. No dia 8 de outubro minha menstruação volta, depois de sete meses.

Eu juro. Não estou inventando nada. Preciso ser sincera. Este livro exerce influência, para o bem, para o mal, sobre mim.

Dia 23 de dezembro volto ao doutor S. Estou com seis semanas mais dois. Aprendi um monte de coisas até agora. Entre elas, como calcular a gestação (o que não é uma conta fácil, sobretudo para mim). E que em uma gestação não é como na vida real, em que se pode dizer «uns dez dias» ou mesmo «dois meses». Tudo deve ser dito com precisão. É necessário ser precisa não apenas em relação às semanas (não se diz um mês e meio, por exemplo, e sim seis semanas), mas também em relação aos dias. Estou com seis semanas mais dois. Hoje, além do saco vitelino, poderemos ver também o embrião. Se houver embrião. Se não for uma gravidez ectópica. Se não estiver morto; dado que os primeiros três meses são aqueles em que a probabilidade de isso acontecer é muito alta (eu claramente procuro me convencer do pior, mas bem lá no fundo tenho certeza de que tudo será maravilhoso).

Enquanto isso, pouco após a transferência, quando ainda estávamos no período de espera das duas semanas, em que ainda não sabíamos se eu estava grávida ou não, eu e Andrea compramos, pela primeira vez na história, uma árvore de Natal. Eu nunca havia comprado uma, nem antes dele, nem com ele. Nem nunca decorei as casas em que morei com enfeites natalinos. Não sei se ele já fez isso, antes de mim. Juntos, no entanto, nunca tínhamos pensado: por todos os seis anos em que convivemos. Tudo o que compramos foi uma árvore pequena, baixa, com poucas folhas, poucos enfeites — umas bolas de natal que quebrarão, uma a uma, quase todas, pois tropeçaremos o tempo todo nessa árvore tão pequena e tão baixa, e daremos risada — e uma feiíssima bailarina torta encaixada no topo (eu que escolhi, sempre quis ser bailarina). Não foi uma decisão consciente. Não pensamos, ah que ótimo, fizemos a transferência, esperamos estar grávidos e então vamos montar uma árvore de Natal. Em uma tarde de sábado, era dezembro, eu e Andrea estamos voltando para casa. Ele diz: «E se a gente montasse uma árvore de Natal?». Ou fui eu que disse. Em frente à Basílica de Santa Maria Maggiore — só então descubro — tem uma loja cheia de enfeites de Natal horríveis. Passeamos pelas prateleiras, mostrando um ao outro as quinquilharias mais feias que vemos. São as que compramos. Eu insisto em levar esse enfeite horrível — com esta bailaria pendente, feiíssima — para decorar nossa miniárvore. Já em casa, assim que a enfeitarmos, tiraremos fotos dessa miniárvore de Natal e mandaremos aos amigos, que darão muita risada. Eu insistirei para colocar as canções de Natal mais piegas e banais enquanto enfeitamos a árvore. Se você se propõe a fazer algo, tem que ir até o fim. A certa altura Andrea diz: «Tá bom, chega, já deu de espírito natalino, pelo amor de deus tira essa música». E eu danço ao seu redor cantando «Last Christmas» e ele me diz: «Mas por que você é tão boba», e sorri.

É Natal mesmo. Talvez pela primeira vez em minha vida, um Natal com ternura. Deve ser o toque de recolher, a impossibilidade de sair não apenas para fora da região mas também da cidade, talvez seja porque não posso de jeito nenhum alimentar esta vontade de aventura e risco que me devora sempre (nos Natais anteriores obriguei Andrea a viajar para lugares quentes do outro lado do mundo, esplêndidos para mim, penosos para ele), talvez seja porque mesmo que quisesse eu não poderia ir para o México, mesmo que quisesse não poderia ir a Bari ver minha família, talvez seja porque mesmo que quisesse não posso organizar coisa alguma. Talvez seja porque estou feliz e esperançosa com esta coisa — não quero chamá-la de nenhuma outra forma — que pode acontecer. Mas eu, este ano, fico em paz, pela primeira e única vez em minha vida, com todos os ritos que têm a ver com as festas natalinas. Não penso assim conscientemente. Estou aqui, bem aqui, e em nenhum outro lugar, eu que estou sempre em qualquer outro lugar. Que nunca estou satisfeita. Que — como uma criança de cinco anos, Andrea sempre diz (mas eu não concordo) — sempre quero uma nova aventura, e outra, e mais uma. Talvez seja esta a minha aventura.

Em 23 de dezembro, é Natal em todo lugar. O trabalho para o lançamento do livro continua. Hoje, um ano depois, releio de novo as mensagens, os e-mails — eu escrevendo «Que seja o *nosso* ano» (penso em relação ao livro, e em relação a todo o resto sobre o qual me calo, sobre o qual decidi me calar) —, releio tudo de novo porque preciso, porque decidi escrever este livro. Se eu não tivesse tomado esta decisão, não teria relido nada. Mas não se pode escrever um livro poupando a si mesma. O ideal é conseguir escrever um livro sem ter piedade de ninguém, nem de si próprio.

Em 23 de dezembro é Natal em todo lugar, os e-mails e as mensagens de trabalho que chegam são emocionados, eufóricos, cheios de ideias. Estou cindida entre o romance e esta coisa que me está acontecendo, mas não estou realmente cindida. Talvez, pela primeira vez, eu esteja misturada. Respondo aos e-mails e às mensagens e depois vou ao doutor S.

Prati está inundado de luzes, brilhando. Andrea dirige pelas ruas de Roma em direção ao consultório do doutor S., e eu gostaria tanto de saber o que está pensando, o que está sentindo. Mas, se pergunto, resmunga algo que sempre me faz sentir medo. Se não soubesse, eu nunca diria que está indo fazer a ultrassonografia mais importante de sua vida — ou pelo menos, enfim, uma ultrassonografia que pode mudar toda a sua vida. Fico calada, e uma parte de mim tem pavor de que aquilo que ele sempre achou — Andrea será um pai muito melhor do que eu como mãe — não seja verdade (eu serei um desastre como mãe, e ele não quer ser pai, eu o obriguei), e outra parte de mim não está se lixando para nada. Para nada além do que está acontecendo agora. Agora, um ano depois, escrevendo, meu coração dispara. Estou lá outra vez.

Hoje é dia 24 de novembro de 2021. Um ano atrás eu estava em Y. para a transferência. Não escrevo desde 6 de novembro. Não consigo: procurei trabalhos frustrantes e mal pagos para dizer a mim mesma: não tenho tempo de me concentrar neste livro. Hoje não consigo inventar mais nada. Tenho menos trabalho a fazer, estou sozinha em casa o dia todo. Esta manhã eu disse a mim mesma: é a hora certa para voltar a escrever. Ainda não tinha me dado conta de que hoje faz um ano desde que tudo começou dentro de mim. São quatro da tarde. Das onze até agora, não fiz nada. Não trabalhei em outras coisas, não dei nenhum telefonema, não comi, não li nenhum livro, não fiz nenhuma caminhada, não vi nenhum amigo. Não fiz nada. Busquei coragem para recomeçar a escrever. Fumei o tempo todo.

Este livro é uma imersão. Na escuridão mais profunda que já experimentei em toda minha vida, mas também em um tempo tão bonito, tão incrivelmente bonito, mesmo com tudo que pesava sobre minha cabeça, tão estupidamente bonito, mesmo com tudo que eu sabia que poderia acontecer, que dói mais escrever de tudo que foi bom, do que de tudo que foi ruim. Mas também é uma imersão em um tempo de esperança. Lembrar do que aconteceu. Eu, no entanto, não sei se quero lembrar do que aconteceu.

Estou me obrigando a escrever, hoje. Se um dia

conseguirei acabar de escrever este livro, voltarei aqui, a esta página, e direi: você teve coragem.

Para escrever um livro, sempre é preciso ter coragem. É preciso ter coragem para tantas coisas. Para escrever um livro, você tem que confiar. Como alguém que já não confia pode continuar a escrever?

Não tem ninguém no consultório do doutor S. Apenas Cinzia, sua secretária, de quem já me tornei amiga, e o doutor S., que abre um sorriso enorme e nos diz: «Entrem». Fora, está escuro. O escuro de uma noite pré-natalina, e finalmente é pré-natalina também para mim. Luzes cintilam em todos os lugares.

«Fique tranquila, Antonella», me diz o doutor S. O doutor S. tem uma voz tão tranquilizadora. Tenho sempre a impressão de que me compreende muito mais do que o Andrea.

Andrea senta-se em frente a sua mesa. Eu tiro a roupa e me dirijo à maca para a ultrassonografia. O doutor S. chama Andrea: «Vem ver você também».

Andrea parece se levantar de má vontade, está escrevendo alguma coisa no celular, senta-se do meu lado aparentemente de má vontade, à minha direita. Estou deitada, pernas abertas. Do outro lado o doutor S., à esquerda, com o aparelho de ultrassom. «Agora deve dar para ver. Talvez até o batimento. Mas vamos ouvi-lo bem rapidinho», diz o doutor S, «pois ainda está cedo.»

Estamos ali no Natal, de noite, no horário do happy hour, tudo escuro lá fora e essa luz difusa aqui dentro.

O doutor S. coloca a sonda dentro de mim. Eu olho o monitor. O doutor S. repete a Andrea: «Olhe você também».

Olhamos o monitor e vemos que há algo ali dentro, mesmo que eu não consiga saber o que, nem o Andrea. A expressão do doutor S. escurece: «São dois», diz.

O quê?

Toda a alegria se espatifa contra a tela. Gêmeos — na clínica me disseram de tudo contra a gravidez gemelar. Gêmeos — não estou pronta, não posso ter gêmeos, preciso trabalhar, como vou fazer para trabalhar? O que vou fazer da minha vida? Giulia e Bianca disseram que com um ainda dá para trabalhar, ainda dá para promover o livro, mas com dois? Elas também acham que com dois não é possível. Sou uma egoísta e uma mãe desnaturada. Não estou feliz, nem por um segundo (lerei em toda parte sobre mulheres felicíssimas, extasiadas com a gravidez gemelar; eu não; lerei em toda parte sobre mães que «eu não esperava, mas estou no sétimo céu»). Sou uma mãe desnaturada, talvez eu nem seja uma mãe. Herdei o gene da não maternidade. Não me alegro nem por um segundo.

Algo acontece à minha direita, onde Andrea está sentado, e eu não vejo porque estou olhando para o outro lado, na direção do monitor. Acontece mesmo, pois o doutor diz: «Está tudo bem, meu jovem?».

Eu me viro em direção a Andrea e não me lembro, hoje não me lembro como o vejo. A cara que faz. Lembro apenas da pergunta do doutor S. e de Andrea dizendo: «Como assim, dois?».

Havíamos dito que era apenas um saco gestacional, que havia um só embrião. Só depois descobrirei qual é o temor do doutor S. Mas na mesma hora ele diz: «Agora vamos ouvir o batimento».

Bem rapidinho.

Primeiro, um batimento. Depois, outro. Tem esta linha do coração, parecida com as das interceptações telefônicas de crimes que vejo o tempo todo na TV. Só um instante. Primeiro, um coração. Depois, outro. São dois.

O batimento.

Eu já ouvi duas vezes, nos ultrassons das crianças que eu não quis, que abortei. Quando ouvi o batimento nessas duas ocasiões, foram tentativas extremas do ginecologista para me convencer a não abortar. Não foi correto da parte dele, eu sei. Mas passou o tempo, e eu não quis mais pensar nisso. Agora, estes batimentos. Se hoje, enquanto escrevo, penso nesses batimentos, me dá vontade de abandonar este livro e não escrever mais nada, nunca mais. Batimentos. Como se fosse a mensagem de um ET.

Saímos da maca transtornados, eu pensando que não é justo, que deveria ser um momento feliz, a primeira vez que ouço o batimento de uma criança que posso ter (seja sincera; está bem: que quero ter), mas não é. Não quero gêmeos. A minha vida acaba, com gêmeos. O céu estava de um preto-azul tão doce, e agora está só escuro.

Saímos do consultório do doutor. S. transtornados. Olho Andrea, mas não vejo o que pensa. O doutor. S. dirige-se a Cinzia, a secretária: «São dois!». Ela me olha sem saber o que dizer. Andrea vai ao banheiro. «Deve estar fugindo pela janela», diz o doutor S., e, pela primeira vez, ri. Eu também rio, mas estou péssima.

O doutor. S. não sabe, eu não sei, o que acontecerá poucos minutos depois.

«Nos vemos em uma semana, Antonella», me diz. «Força, vai dar tudo certo com dois também.» E então fica sério: «Nada garante que os dois cheguem ao terceiro mês, é muito difícil que os dois sobrevivam».

Pensa que está me dando uma notícia ruim, mas eu sou uma mãe de merda porque penso: espero que só um sobreviva. Eu sou a mãe mais de merda que existe.

Saímos de lá com nosso ultrassom de gêmeos, e parece que o mundo mudou desde que entramos. Está *incorreto*. Está errado. Entramos no carro mudos. Eu penso nas piores coisas do mundo. «Como vamos fazer?», digo a Andrea. Acho que está até pior do que eu. Ele se vira, me olha e diz: «É ótimo que sejam dois. A gente consegue. Nos mudamos para uma casa maior. Usamos todo o dinheiro que temos para nos ajudar a administrar duas crianças. Você vai ver que vai ser bom. Os nossos Gianni e Pinotto.[3] Só espero que se pareçam comigo». E ri.

De repente o céu se abre brilhando de verdade, e o caminho de volta é uma euforia só, se Andrea diz que vamos conseguir, então vamos conseguir, será ótimo, ele tem razão. Chegamos em casa como se estivéssemos flutuando, era para eu estar morta, mas ele me mostrou um caminho, me deu coragem, me deu alegria. O completo oposto do que eu esperava dele.

Compro vestidos para o Natal porque estou feliz (e, enquanto os provo, penso: mundo! você não sabe, mas eu, sou, uma, mãe!), voltamos para casa e ligo para Giulia e digo, dando risada: «São dois!». Ela ri histérica, teme que eu esteja prestes a cair no choro, e, pelo contrário, estou feliz, Andrea disse que vamos conseguir, então nós vamos conseguir para valer. Giulia começa a dizer que dois é melhor do que um, eles crescem juntos, ajudam um ao outro. Fala de todas as

---

3   Nome italiano dado à dupla de humoristas norte-americanos Abbott e Costello. [N.T.]

pessoas que conhece que têm gêmeos. Não era o momento certo, ainda é cedo, mas Roberto, o companheiro de Giulia, escreve a Andrea: «Caralho, que grande notícia!», cheio de emoticon, e Andrea ri, e eu também rio e estamos loucos. Quantas vezes não ficaremos loucos nesta história.

Chegou um pacote de Natal em casa: é de minha mãe. Dentro dele, uma blusa de lã e um colar, gostei de ambos (a blusa usarei este ano também, um ano depois). Ligo para minha mãe, agradeço, digo: «Que presentes maravilhosos!». Ela fica feliz, não sabe de nada do que está me acontecendo, mas estou feliz e ela está feliz e nós, que temos dificuldade em dizer o que realmente desejamos dizer uma para a outra, hoje nos comunicamos sem palavras, apenas com a alegria. Mamãe, penso, não vejo a hora de te dizer que você será vovó.

É a noite mais terna de que me lembro. É a noite em que Andrea se torna pai.

Agora, pela primeira vez, somos quatro.

Hoje, um ano depois, estou escrevendo este livro. Pergunto a Andrea: qual é o momento mais bonito da nossa gravidez, em sua lembrança? (Não digo *gravidez*, imagina, não diremos nunca essa palavra; até hoje quando falo nisso digo «esta história», «esta coisa», «estes meses», não digo nunca gravidez, mãe, pai, filhos, grávida, nada de nada; não consigo; mas um livro requer as palavras certas, e pela primeira vez preciso ter coragem de usá-las.) Ele resmunga, diz: «Quando descobrimos que eram dois».

O pior momento (o que parecia ser o pior momento) foi na verdade o momento mais bonito. Estávamos drogados daqueles gêmeos. Não é mérito meu. Eu, sem a coragem de Andrea, teria dado corda ao desespero com a ideia de serem dois. Foi a coragem dele. Foi ele que me tornou mãe.

Alguns dias depois, vou fazer as fotos para o lançamento do romance. Um amigo nosso muito competente me leva a um hotel no coração de Roma para a sessão. Todas as fotos que estarão na internet e nos jornais para o novo livro, eu fiz com o que eu acreditava serem dois gêmeos na barriga. Penso: será que estou inchada? Será que estou feia? Já faz um tempo que vomito a cada dois segundos. Meu amigo me diverte enquanto fazemos as fotos, me ajuda a ficar confortável. É uma manhã deliciosa, com o livro que está para sair e este segredo dentro. Lembro-me de quando fiz as fotos para o livro anterior. Foi em uma época ruim, pessoalmente. Não tinha a ver com o livro, não tinha a ver nem com filhos, tinha a ver só comigo. Vê-se, pelas fotos. Desta vez, no entanto, passo o tempo todo eletrizada.

Enquanto faço as fotos, enquanto dou as primeiras entrevistas, enquanto a editora me manda as primeiras versões da campanha de mídia social, enquanto começamos a receber as primeiras respostas das pessoas que escolhemos para ler o livro antes do lançamento — jornalistas, escritores, amigos de confiança —, enquanto nos falamos o dia todo; enquanto tudo isso acontece, estou grávida. Sinto-me forte, cheia de energia para o lançamento, mal posso esperar. Giulia tinha razão: vai dar tudo certo, o livro e a gravidez. Dois corações batem dentro de mim; além de um terceiro, que é o meu. Nas fotos, está todo o meu sentimento daqueles dias, daqueles meses. Olhando bem, dava para entender tudo (hoje, essas fotos ganham vida e tornam-se um fantasma que sorri com desprezo: tudo o que você foi, e não é mais).

Desde aquele 23 de dezembro, começamos a chamá-los de Gianni e Pinotto. Nada de nomes carinhosos, alcunhas, epítetos afetuosos. Gianni e Pinotto, como Andrea os chamou quando os conheceu. Ainda não sabemos que teremos pouquíssimo tempo para chamá-los assim.

Você tem um monte de segredos, e eu nenhum, diz uma canção que adoro.

Certa vez um namorado me disse: «Esta frase sempre me faz pensar em você».

Se Andrea fosse como esse meu namorado, talvez me dissesse o mesmo. Mas ele não é do tipo que diz frases tão longas.

Dia 23 de dezembro escrevo no grupo que tenho com Ada e Bianca: «São dois!», e elas comemoram e dizem que será ótimo. «Aliás, você se livra da preocupação: faz logo dois e resolve a vida para sempre.» Rimos muito e meus pés não tocam o chão.

No Natal, estamos na casa de Giulia. Cantamos, dançamos, e de novo sinto medo de não ser capaz de ser mãe. Como ostras. Bebo vinho. Andrea se machuca abrindo ostras. Pânico, depois tudo se acalma. Eu também tento me acalmar. E talvez tenha me acalmado, antes de dormir. Coloco a mão na barriga enquanto adormeço no sofá (sinto que estou mais protegida, se durmo sozinha) com eles dois. O futuro é impensável. Não sei por onde começar a desenhá-lo. Naquela noite e sempre, em flashes, o futuro é maravilhoso como um conto de fadas, melhor que um conto de fadas. Em flashes fica desfocado demais para entender. Em flashes, me dá muito medo. Gianni e Pinotto quem sabe estão dormindo, nadando, fazendo o quê.

Os dias de Natal, apesar de estarmos trancados em casa devido à covid, apesar de não podermos sair de nossa cidade, apesar dos perigos da gravidez gemelar (nos quais não pensamos de verdade, pois não queremos acreditar), são os dias de Natal mais bonitos que passei em minha vida. Revemos *Harry Potter* e todos os filmes de Natal, jantamos e almoçamos com Emilio e Carlo (com quem fui a Sperlonga em agosto), que moram a dois minutos da nossa casa e, portanto, podemos ver em segredo. Eles não sabem de nada, mas eu sei, e com eles esses gêmeos estão protegidos. Estamos todos dentro dessas duas crianças que crescem todos os dias: cabemos todos, todos que me amam, mesmo sem saber que estou grávida, estão todos aqui. Aprendo, pela primeira vez na vida, que não é necessário que as pessoas saibam para darem apoio, conforto, ajuda. E para te fazerem feliz.

Em 28 de dezembro vou pela primeira vez fazer uma ultrassonografia com a doutora que me acompanhou na clínica de Y., em seu consultório de Roma. Não lhe disse que já fiz dois ultrassons com o doutor S.

Quando chego, ela me recebe com um sorriso enorme. Em seguida, fecha a cara: «E o pai», diz, «onde está?». *O pai.* Vai tomar conta da tua vida. Este *e o pai onde está* contém reprovação. Contra este pai ausente que ela nunca viu comigo. *E o pai? Onde está o pai?* O subtexto é: nem desta vez ele veio. Em todos esses meses, quantas vezes ela ou outros médicos já não balbuciaram ou vão balbuciar frases para este pai que nunca viram. São bons nisso: instilaram muito bem o germe do ressentimento dentro de mim. Outra mulher que eu não queria me tornar: a mãe que se sente abandonada pelo marido que trabalha ou que não pensa no filho (ou não quer o filho). Quantas vezes Giulia, Ada e Bianca me dirão: você mandou tomar no cu? Ela, ou outras pessoas desagradáveis que encontrarei. Eu já disse, não vou mandar ninguém tomar no cu.

Ela me diz para abrir a câmera para gravar os batimentos do coração *para o papai.* Diz: «Agora finalmente saberemos se é um ou são dois», e com clareza a vejo sorrir maliciosamente, pensando que estou preocupada. Mas não estou preocupada, estou preparada. Já sei que são dois. Mas finjo não saber. Não vejo a hora de revê-los, Gianni e Pinotto. Não vejo a hora de ouvir o coração deles de novo.

Tiro a roupa. Fico com o telefone na mão, pronta para gravar os dois, e os corações. Deito-me na maca. Abro as pernas. Ela insere a sonda e eu deixo o telefone na posição e ela fica atônita. Estou com a câmera pronta e já sei por que está atônita: são dois. Você não me assusta, vadia, eu já sei que uma gravidez gemelar é muito mais difícil, mas estou feliz, estou pronta, estou preparada para todas as coisas angustiantes que você me dirá, eu vou conseguir.

«Não entendo como é possível», me diz, «mas são três.»

«Mas eu implantei só dois embriões», respondo incrédula, «como poderiam ser três?» Eu sei que ela vai me dizer: desculpa, eu me enganei. Eu sei.

«São três», repete.

Vídeo da ultrassonografia e dos batimentos, eu não farei nunca mais.

Estamos loucos, eu já disse antes, e tenho uma lembrança reluzente daquele dia. O dia em que tudo acontece.

A médica me diz que não importa como aconteceu — os dois embriões aderiram e um deles foi duplicado? (*duplicado*? Como assim, por acaso se trata de um filme de alienígenas?) —, não importa como aconteceu, uma gravidez de trigêmeos, ainda mais deste tipo, é quase impossível que chegue a termo. Não consigo nem pensar em trigêmeos. Ela elenca todos os horrores de uma gravidez trigemelar — é muito alta a probabilidade de que um deles não vingue, dois deles, ou os três, ou os quatro: eu também. É perigoso demais, me diz. Também é baixa a possibilidade de que pelo menos um sobreviva, e é plausível que nem eu sobreviva.

Enquanto tudo ao redor está girando e meus ouvidos estão zunindo e eu só penso escuta bem o que ela está dizendo, escuta muito bem porque é você quem terá que contar tudo a Andrea, ela chama na sala um outro ginecologista do centro para consultá-lo. Repreendem-me por ter implantado dois embriões, me dizem todo tipo de coisa (até ele me repreende, aquele que havia dito se você não joga, não vence — «Você mandou ele tomar no cu?», minhas amigas dirão. «Não»), dizem que se acredito em deus então posso ficar com as três crianças («O que foi que te disseram?? Você mandou eles tomarem no cu?» «Não»), do contrário preciso pensar em uma *redução*.

Redução quer dizer que, enfim, não sei como escrever, não sei como dizer isso em minha cabeça: redução quer dizer que dos três fetos nós — mataremos? eliminaremos? como posso dizer? quais palavras posso usar? quais palavras sei usar? quais palavras quero usar neste livro, em minha escrita?) — um. Descubro e descobrirei progressivamente que o campo médico faz uso de eufemismos (eu que pensei que a medicina usasse uma linguagem objetiva; a língua que eu prefiro em absoluto — a língua que não suaviza nada, eu que na vida escondo e minto e suavizo tudo). Então preciso fazer uma *redução*. A menos que eu confie em deus, não tenho escolha. Infelizmente, não tenho deus nenhum. Minha mãe, sim. Mas minha mãe não sabe de nada. Nunca saberá de nada. Se não confio em deus, a medicina diz que a redução é a única escolha. E, mesmo assim, a probabilidade de que a gravidez chegue a termo é baixíssima. Dizem que para fazer a *redução* devo ir a Milão. Repreendem-me: «Para nós também isto é um problema, os responsáveis do centro de Y. não vão gostar nada, como faremos para explicar?» («O quê? Você mandou eles tomarem no cu?» «Não»), e aí me dizem que não querem mais saber desta gravidez, que podem me pôr em contato com um médico gemelar mas nada além disso, não podem fazer mais nada por esta gestação. Eu escuto, escuto e tento me lembrar de tudo o que preciso dizer a Andrea e ao doutor S. e aperto a ultrassonografia dos meus três filhos nas mãos e escuto e digo a mim mesma fique consciente, não desmaie, não perca a cabeça, fique atenta a tudo o que te dizem. Escuto enquanto me pintam o horror e enquanto me repreendem e não digo nada e depois só pergunto: «Mas eles estão bem?». «Sim, todos os três estão bem.»

E antes de me mandarem embora eu devo estar evidentemente tão pálida que ficam com medo que eu desmaie. Mas não me acompanham a lugar nenhum, não me colocam sentada, só me perguntam: como você veio? De *scooter*? De carro? Você está pálida, é melhor não dirigir. Eu obviamente não uso mais a scooter porque estou grávida. Vim de táxi.

Não preciso de ajuda, digo, já estou indo. Quando estou no táxi chega uma mensagem toda feliz de Andrea: «E aí? Que cara a gineco fez?». Eu escrevo: «Você não vai acreditar, são três».

Mas eu não acredito de verdade que seja uma tragédia, apesar de tudo o que a ginecologista me explicou — as hemorragias, as mortes intrauterinas, a minha morte —, não acredito de verdade que seja uma tragédia, nunca vou acreditar, nem o Andrea vai acreditar, até o fim desta parte da história. Faremos de tudo pelos três. Faremos tudo o que nos dizem para fazer. Mas no fim nenhum de nós acredita de verdade que pode dar errado. Talvez porque nenhum de nós acredite de verdade que está no olho do furacão. Talvez por sermos os pais, e não podermos acreditar nisso. E eu sou a mãe.

Chego em casa e Andrea está em choque. Escrevo ao doutor S. uma longa mensagem, falo de Milão, do centro gemelar, e da redução, e que estou com medo, e pergunto o que fazer. Em seguida escrevo outra mensagem, exatamente um minuto depois, dizendo: «Todos os três estão bem». Até dois meses atrás eu não tinha ninguém dentro de mim. Agora tenho três. Só quero que estejam bem. Mexendo no celular uma hora e meia depois, recebo uma chamada de voz do doutor S. Mas não consigo atender a essa chamada porque, nesse meio-tempo, o destino se coloca outra vez no caminho.

Enquanto eu e Andrea estamos em casa — o toque de recolher, a covid, as férias de Natal, as primeiras promoções para as redes sociais que a editora coloca on-line, e as curtidas, e eu que fico empolgada com o livro, e depois fico desesperada, e depois fico feliz por essas crianças, sejam elas quem forem, quantas forem — enquanto estamos olhando e eu tentando explicar a ele tudo o que a ginecologista do centro me disse (acho que temos a mesma sensação: a mente não é capaz de compreender verdadeiramente o que está acontecendo), recebo a ligação de um amigo de que gosto muito (ao escrever me dou conta de que tenho amigos de que gosto muito mesmo).

Chama-se Marco. Passou o Natal com os pais. Voltou para casa sentindo-se *estranho*. Depois teve febre. Fez um teste rápido. Deu positivo.

Quantas possibilidades pode haver na vida de uma pessoa que eventos extraordinários se misturem e se sobreponham, todos ao mesmo tempo, todos ligados um ao outro? Zero vírgula alguma coisa de possibilidade, mas esta é uma história composta de zero vírgula alguma coisa de possibilidade que você diz a si mesma a probabilidade é baixa demais, é impossível que aconteça e aí o zero vírgula alguma coisa derrota o noventa e nove vírgula alguma coisa e vence. Sempre.

Quando Marco me liga, ainda estou com a ultra dos três gêmeos em mãos. Tentando explicar tudo para Andrea. Atendo a ligação, Marco me diz: «Estou com covid». Eu caio em um abismo, porque é a época em que a covid é muito perigosa, em que os cuidados intensivos ainda estão começando, porque Marco acabou de voltar da casa dos pais idosos e fica repetindo, «eu os matei», porque o imagino sozinho em casa — mora sozinho — corroendo-se de medo, de culpa e de dor.

Mas tem mais uma coisa.

Eu, que sou uma mãe desnaturada, dois dias atrás saí para tomar um drinque com Marco. Estávamos em sua casa (fechados), com as janelas fechadas. E ele, como sabe que estou sempre com frio, havia acendido a lareira. Comemos do mesmo saco de batata frita. Tudo bem. Estou louca. Mas agora já foi. (Sinto vontade de apagar o que escrevi — a verdade — e deixar só um genérico: estive com Marco; sem explicitar o quão irresponsável eu fui, mas prometi ser sincera.) Desligo o telefone e digo a Andrea: «Marco está com covid». Não posso pegar covid. Não posso porque estou grávida.

Não posso nem ficar em quarentena. Preciso ver um especialista gemelar. Preciso entender o que fazer («logo, o quanto antes, ontem!», gritou para mim a ginecologista do centro), com tudo o que está me acontecendo. Não posso estar com covid. Estou grávida.

Táxi. Noite em Roma. Encontramos um laboratório particular onde fazem o teste rápido até tarde da noite. É agora que o doutor S. me liga, mas não posso atender porque estou indo fazer o teste. Eu e Andrea, no táxi, de mãos dadas. Como posso explicar que, agora, essa é uma doce lembrança? Claro, estamos aterrorizados por tudo o que está acontecendo. Mas, como é coisa demais, temos que ser corajosos.

Li uma vez que a coragem chega quando você não consegue mais pensar. O verdadeiro herói não pensa: ele age. Talvez tenhamos caído de paraquedas nesta fase. Seremos corajosos até o fim de uma parte desta história. Lembro de nós dois pegando o táxi, de mãos dadas, e não apenas Roma desliza ao nosso lado, mas também todos os medos — a gravidez gemelar, a covid —, tudo desliza, e o único verdadeiro pensamento que temos é: eles estão aí, os batimentos são fortes, estão dentro de mim. Nascerão. Não é preciso que um diga ao outro. Ainda estou com as ultrassonografias em mãos. Passo-as para Andrea no táxi, e mostro: um, dois, três. Ele aperta minha mão e diz: «Olá, Aldo, Giovanni e Giacomo».

Fazemos quatro testes. Um mar de dinheiro. Um rápido em cada. Um molecular em cada. Não podemos testar positivo. Não é possível. Saímos da clínica quando já são 21h30.

Entramos no táxi. Não soltamos a mão um do outro. Depois, pela primeira vez, Andrea solta uma de suas mãos da minha e a coloca em minha barriga. Eu também coloco a minha sobre a dele. Sobre os quatro.

Retorno a ligação do doutor S. Ele atende na hora, mesmo sendo muito tarde. Com aquela voz paternal, firme e reconfortante. Se ele soubesse o que sua voz representou para mim. Diz que a situação é muito complexa, e que a redução deve ser feita. Mas não se mostra alarmado nem bravo por eu ter implantado dois embriões. Sua voz é tranquilizadora. Diz que não iremos para Milão, mas para Londres. Londres é o melhor lugar para esse tipo de cirurgia, me diz. Os percentuais de sucesso são altíssimos. Posso ficar tranquila (em toda esta história, eu não sei o quanto o doutor S. silenciou a respeito de suas preocupações para não me preocupar; só recebi alertas de tempos em tempos, como os rastros que um ladrão deixa sem querer, mas sei que ele sempre me disse o que precisava dizer, e guardou todo o horror para si mesmo; e agora ele não deixa escapar nada, neste telefonema ele apenas me tranquiliza). Diz que dará tudo certo.

Digo a Andrea: «Vai dar tudo certo!», e nos abraçamos. Não queremos nem pensar que conseguir de forma natural quer dizer que um ou dois dos embriões não chegarão ao terceiro mês (o que é muito provável, disse a ginecologista de Y., diz o doutor S., dirão todos os médicos; normalmente neste tipo de gravidez plurigemelar um ou mais gêmeos não conseguem sobreviver), e conseguir com ajuda médica quer dizer *reduzir* um dos nossos filhos. Não pensamos nisso porque o pensamento mágico (mas desta vez não é mágico, desta vez é a vontade do ser humano de que dê certo, não, não é a vontade do ser humano de que dê certo: é a negação) nos diz que dará tudo certo.

Agora encontrei a palavra: vamos operar durante esses meses uma teimosa e inflexível negação.

Passamos uma noite inacreditável entre o medo da covid e toda esta realidade retumbando em nossa cabeça. «Não é possível», é a frase que eu mais vou dizer em toda esta história.

Andrea diz: «Vocês precisam comer». Dirige-se a nós quatro. A ginecologista do centro de Y. me disse: «Não sei como você consegue ficar em pé com trigêmeos dentro. Era para estar na cama vomitando até a alma». No entanto, me sinto bem, forte como nunca. Nós cinco comemos à meia-noite, no calor de uma casa que, apesar de tudo, é esplêndida (eu que sempre odiei o próprio conceito de casa). Nossa arvorezinha torta brilha.

Chega o resultado do teste rápido. Negativo. Durante a madrugada chega o do molecular. Negativo. Na manhã seguinte chega também o molecular do Marco: negativo. O rápido tinha dado um falso positivo.

Marco não faz ideia de como estou feliz. Por nós, mas também por ele. Pensar nele em casa sozinho, desesperado. Foi horrível. Estamos bem, todos os cinco. E ele também está bem.

Está vendo, deus, está vendo, mundo, quem quer você seja, está vendo que vai dar tudo certo?

Desde que tudo aconteceu, não coloco mais a mão na barriga. Nunca.

Se Andrea porventura encosta a mão em minha barriga, eu tiro.

Este ano, não tiramos da caixa aquela arvorezinha desfolhada com enfeites absurdos. Não chegamos a dizer um ao outro que preferíamos assim. Ambos sabemos que não foi um esquecimento: todas as casas, todas as ruas estavam repletas de enfeites de Natal. Quando chegou a hora, simplesmente nenhum dos dois abriu a boca.

Depois a certa altura Andrea disse: e a árvore, vamos montar?

E eu fiquei mal pois pensava que tínhamos nos entendido sem pronunciar palavra. Mas o que teria sido, transmissão de pensamento, alguém te entende mesmo sem você dizer nada?

Eu lhe disse: «Não quero montar. Me lembra do ano passado».

Ele se irritou: «Você não pode ficar sempre pensando no ano passado. Assim a gente não pode fazer mais nada porque tudo lembra o ano passado».

Eu disse: «Então vamos montar a árvore».

Não montamos.

Acontece que:

O doutor S. me diz que vai ligar para Londres imediatamente, para eu ficar tranquila. Ele vai cuidar de tudo.

Dia 30 faço outra ultrassonografia. A realidade que nos é dada com essa ultra vai além da minha imaginação, da de Andrea, e vai ainda mais além da imaginação do doutor. S. e da ginecologista do centro de Y. Não se trata de um embrião duplicado e de um outro que vingou. Mas de um único embrião implantado, que se triplicou. Chama-se gravidez monocoriônica triamniótica. Quer dizer que há apenas um saco vitelino, como o doutor S. já tinha visto na primeira ultra. Em um único saco vitelino há três embriões. O que isso realmente significa, vou entender só mais tarde. O doutor S. me diz para ficar tranquila, que ele cuidará de tudo. Repete que a possibilidade de que todos os três vão adiante é mínima (nós não sabemos o que esperar). Todos repetem, o centro de Y., o doutor S., os outros médicos: nunca viram nada parecido. Não tem nem literatura de verdade a respeito. Foram muito poucos casos. Você não teve sorte, Antonella. — quantas vezes não vou ouvir esta frase, nos meses vindouros. Os médicos, os ginecologistas, os cirurgiões, os inúmeros ultrassonografistas que nos verão ficarão todos perplexos: nunca viram nada parecido. Um embrião que se triplica. Não é possível. Não pode ser, são as frases que nós mais repetimos, e que mais repetem as pessoas que sabem. E o que vocês vão fazer?

Nós vamos às consultas desesperados. Mas quando saímos é como se esquecêssemos de tudo. Lembramos apenas desta grande embriaguez. Mais uma vez, não sei como explicar. O cérebro te diz uma coisa, mas tem esses três corações que batem (estão muito bem — todos repetem —, os três estão bem). Mas preciso ser sincera: temos a esperança de que um dos três não vá adiante. Temos que torcer por uma coisa horrível.

Quando explico o que está acontecendo, a médica do centro de Y. não pede desculpas por ter me dito que essa gravidez absurda é culpa minha, que decidi por conta própria implantar dois embriões. (Você mandou ela tomar no cu? Não.) Quem se importa com desculpas. Agora temos é que sobreviver.

Mais uma vez ignoramos as restrições e passamos o dia 31 de dezembro na casa do Marco. Estão ele, a namorada, e nós cinco. O doutor S. me disse para não comer nada que seja de porco, nem mesmo linguiça. Tem linguiça no jantar. Andrea pega minha carne escondido e coloca em seu prato. A gente se olha e sorri: é o nosso segredo. Ficamos jogando War até amanhecer. Voltamos para casa beirando os muros para não sermos pegos pela polícia: nós cinco. Foi um alvorecer maravilhoso, o alvorecer mais bonito que já existiu.

No início de janeiro Emilio e Carlo se casam sem dizer nada a ninguém. Tem a covid, não é permitida a presença de convidados. Logo após a cerimônia, eles nos convidam para almoçar e nos contam. Fico comovida e eles riem. E não vejo a hora de revelar a eles que eu também tenho uma surpresa, também tenho uma notícia inimaginável: estou grávida. O que será que vão me dizer. Fico o tempo todo imaginando o que meus amigos dirão quando souberem, e não vejo a hora. Não vejo a hora de receber uma enxurrada de amor. A certa altura, naquele almoço, enquanto estou bebendo o que hoje em dia Emilio chama de «a sua Schweppes», me dá vontade de dizer tudo a eles. Mas tenho essa barragem, e não consigo. Mas é como se eu tivesse dito, amigos. Naquele dia, juntos, festejamos tudo: o casamento de vocês e os nossos filhos.

Meu casaco está velho, já faz quinze anos que o tenho. Vou com meu amigo Luca dar uma olhada nas lojas. Experimento um P, fica um pouco pequeno. Fico esperando que ele olhe para mim e diga: acho que você está grávida. Mas como seria possível: ele sabe que eu lhe digo tudo sempre. Mando uma foto para Giulia: «O que você acha?». Ela escreve: «então, não acho que é a hora certa de comprar um casaco, já que daqui a um mês você não vai mais conseguir entrar nele» (e um monte de coraçõezinhos e carinhas sorridentes). (Voltei à Rinascente este ano e comprei aquele casaco: foi mais uma prova de força inútil, do tipo que tenho feito sem parar desde que tudo aconteceu, como quando se pressiona um objeto fervente sobre a pele para aprender a lidar com a dor.)

Faço mil ultrassonografias, quase uma a cada dois dias. O doutor S. sempre vai junto. Não importa se é Ano-Novo, se é sábado, se é domingo, se é feriado. Monitora-me o tempo todo enquanto espera a resposta de Londres. No entanto, sem querer deixa um indício: não me faz mais ouvir os batimentos cardíacos. E, na vez em que, aproveitando que ele havia saído um instante, eu peço à sua colega: «Posso ouvir o coração?», e fico inebriada com aquele som, ao retornar ele diz, com rispidez: «Por que você deixou ela ouvir o coração?». E a colega diz: «Foi ela que pediu». Ele não fala nada. Uma voz em minha cabeça pergunta: por que ele não quer que você ouça os batimentos? Porque está com pressa. Apenas porque está com pressa.

Os embriões, os bebês, como devo referir-me a eles — eles —, estão ótimos. Crescem bem, têm o mesmo tamanho, os corações batem depressa, estão bem implantados. A esperança de que um deles sofra sozinho a *reabsorção* — meu deus, que termo brutal — é mínima a esta altura. É possível ter *esperança* de que um filho morra? O que eu devo pensar? Devo ter esperança em quê? Que um deles morra, é isso mesmo? Como se faz para ter esperança numa coisa dessas? Como se faz para não ter esperança nisso? Como se faz para... tudo?

Chegam os primeiros exemplares do livro, que sairá em poucos dias. Dou um de presente ao doutor S.

A variante inglesa abate-se por toda a Europa. O doutor S. é informado de que não podemos ir a Londres para fazer a redução (como é possível? Como é possível que seja justamente Londres o polo de excelência nesta área e que a variante venha justamente da Inglaterra?). Entro em desespero: «O que faremos?». Ele diz: «Temos que ficar na Itália. Vamos para Milão. Não faz mal, vai dar tudo certo».

Quando não está em casa Andrea me manda mensagens do tipo: «O que Aldo, Giovanni e Giacomo estão fazendo?». E eu: «Aldo está dormindo, Giovanni não quer saber de nada, Giacomo está ansioso». E inventamos personalidades para nossas crianças: o preguiçoso, o entusiasta/indiferente/festeiro, o ansioso/dançarino — como eu. Giacomo está sempre ansioso, a gente zomba muito dele. Inventar não é a palavra certa: para nós, essas personalidades são verdadeiras. Essas crianças existem. Hoje, um ano depois, lembro-me delas. Essas crianças existiram, com suas próprias facetas e personalidades.

102

Dia 8 de janeiro terei que ir a Milão, para a editora, por causa do livro. Estou emocionada. O que sinto pelo romance nunca se separa do que sinto pela gravidez. Normalmente detesto fazer apresentações: quando eu era pequena, gaguejava (não ocasionalmente, gaguejava o tempo todo) e, mesmo que eu tenha melhorado muito, quando sinto medo pode acontecer de gaguejar de novo, ou de me faltar completamente a palavra. Por isso, normalmente temo fazer apresentações. Temo sofrer um bloqueio em meio a uma frase e não conseguir mais falar. Desta vez, com este romance, não sinto medo de nada.

Com meu romance anterior foi tudo muito ruim. Fui dominada pelo terror — por causa da publicação, da recepção, dos eventos de lançamento. Ainda que tudo estivesse indo muito bem, entrei em depressão, tomei remédios para tentar melhorar, emagreci dez quilos, não comia e não falava com ninguém. «Com este romance quero alcançar toda a felicidade que não tive com o último», escrevo a uma amiga. Mas o que garante esta força, esta confiança no presente e no futuro, é a alegria por estar grávida, mesmo que eu ainda não saiba. Parece absurdo, e é, mas as notícias ruins sobre nossa condição apenas passam por nós. Como quando se escorre o macarrão. A água são as tragédias tão iminentes e possíveis. O macarrão são as três crianças. Só elas ficam.

Acho que é alegria, mas é a esperança quando se torna obscura e o nome é sempre o mesmo: negação.

O doutor S. está tentando encontrar uma data para me receberem no hospital de Milão. Poderia ser qualquer dia. E eu não posso me pronunciar sobre a data. Preciso ir para esse centro especializado *o quanto antes*, a situação é crítica demais. Mas dia 8 de janeiro tenho que estar em Milão por causa do livro e dia 14 o livro será lançado; não posso estar

103

no hospital. Tudo ao mesmo tempo. Escrevo para Giulia: «Eu esperava viver uma coisa bonita, uma coisa normal, depois de todos estes anos. Parece um sonho». (Sim, escrevo um sonho, não sei por quê.) «Ou um pesadelo», escreve ela. «Sim.» «On--line dá para fazer tudo, na minha opinião.» «Fazer do hospital?», pergunto e mando um emoticon que dá a entender: mas como, caralho. «Na minha opinião, você deveria dizer a verdade para a editora e adiar o lançamento.» «Não, não. Não tem como. Está tudo programado. Se altero a programação do lançamento, vai tudo pelos ares. A divulgação funciona assim. Se mudo a programação do lançamento, o livro com certeza vai mal. E contar a eles... não estou nem um pouco a fim.» «Tenta não ficar tão estressada, tenta viver um dia de cada vez.» «Sim.» «Se ficar tentando controlar tudo, você não vai aguentar.» «Não.»

Recebo uma ligação do hospital de Milão. O doutor S. avisou a eles que estarei na cidade dias 8 e 9 de janeiro a trabalho. Conseguem um encaixe (esta história também é uma história de pessoas horríveis, ou de pessoas maravilhosas como o doutor S. e a equipe do hospital de Milão). O doutor S. nunca esquece que, além de uma mulher grávida em grande dificuldade, sou uma escritora. Ele nunca me dirá: agora deixe este livro um pouco e concentre-se apenas nisto. É raro demais encontrar uma pessoa que te enxerga por inteiro, não apenas como paciente.

Em meio ao caos total, o doutor S. encontrou uma luz. Na editora, invento que após termos finalizado as tarefas do livro terei que ir a um centro especializado porque sofro de hemicrania há anos (verdade). Isso porque a viagem é organizada por eles, e porque o trabalho precisa ser programado de forma que eu possa estar no hospital no horário marcado. Invento mentiras e mais mentiras, falo por horas da minha dor de cabeça, prometo que darei notícias.

Chega o dia 8 de janeiro e eu, grávida de oito semanas, com meu enjoo, Aldo, Giovanni e Giacomo, parto em direção a Milão.

Não posso imaginar, ninguém pode imaginar o que me espera, nestas poucas horas.

Lembro-me de chegar no hotel. Lembro-me de estar

eufórica (por favor, não me julguem como superficial ou louca, eu que durante todos estes meses que estou narrando sinto esse fogo por dentro, esse fogo que diz que tudo vai dar certo, tudo, tudo, tudo, não sei como explicar). O concierge, que não sabe que somos quatro, pede minha carteira de identidade. Subo com a mala para o quarto como se fosse minha primeira vez em um hotel. E é. Porque faz um ano que não vou a nenhum. Porque finalmente estou viajando. Porque estou fazendo isto pelo meu romance. E porque sou a mãe.

Não penso no hospital.

Entro na editora. Controlam a febre, a máscara, o distanciamento. Sobre as mesas, uma infinidade de cópias do meu romance que preciso autografar. Aldo, Giovanni e Giacomo poderiam explodir de alegria. Ou sou eu que poderia. Tiro uma foto e posto no Instagram. Escrevo: «Finalmente se aproxima de verdade». E falo sobre o livro, claro.[4] Mas também é uma mensagem cifrada para as estrelas.

Passamos dias maravilhosos na editora, com todas as medidas de segurança contra a covid. Torço para não vomitar nos momentos cruciais. Não vomito, ou consigo vomitar nos intervalos. Aldo, Giovanni e Giacomo observam-me, ou não dão a mínima, (gosto de pensar em crianças felizes que não se preocupam com a mãe). Andrea escreve perguntando deles. «O que Aldo está fazendo?» «Dormindo.» «E Giacomo?» «Giacomo está se cagando de medo com a apresentação que vou fazer.» Rimos de sua ansiedade, e,

---

4   O nome do livro a ser lançado é *Questo giorno che incombe,* que poderia ser traduzido por *Este dia que se aproxima.* [N.T.]

pela primeira vez, também não sinto medo de apresentar o livro. Ele cuida de tudo.

No dia seguinte, antes de voltar para Roma, vou ao hospital.

Só posso escrever como me é possível escrever.

Peço para o táxi que a editora chamou me deixar em frente à clínica. É bonita, bem cuidada, especializada em gestações difíceis. Vamos conseguir. Entro. Deito-me com as pernas abertas. O batimento (como é incrível o batimento). Começo a ver as mãos, os pés, a cabeça. Estas são as mãos. Estes são os pés. Esta é a cabeça. E esta é a ecografia de Huck Finn. Três batimentos poderosos, fortes, seguros. Os meninos estão bem.

Mas a situação é muito grave. «Você está disposta a abortar?», me diz uma médica. «Mas...», eu começo a chorar, não paro de chorar durante horas, «faz anos que esperamos por eles», e são meus filhos, mas não digo isso a ela. «Então seria uma tragédia», ela diz. E sorri para mim. Mas é muito dura e sincera. Pois devo saber de tudo. De todas as possibilidades, todas as realidades, todos os riscos. Se quiser mantê-los, tenho que fazer a redução de qualquer jeito (a menos que eu prefira tentar a sorte e arriscar que morram os três no sexto, sétimo, oitavo, nono mês, ou que nasçam com má-formação, e que eu também morra). Elas me informam sobre tudo (tenho que entender tudo perfeitamente, Andrea não veio). Fazem desenhos (ainda tenho esses desenhos, são horríveis). Dizem-me que o melhor é escolher se quero abortar agora — no final do segundo mês — ou se quero esperar o final do terceiro e tentar a redução. Explicam-me que se não fosse uma gestação monocoriônica teríamos um percentual de perda dos outros dois de só cinco-dez por cento. Mas no meu caso — um caso que eles não veem há anos — os trigêmeos estão no mesmo saco. Portanto, estão todos conectados. Uma delas desenha um alienígena com tentáculos. Que na verdade somos eu e meus três filhos. Estamos todos conectados. Se um morre, os outros dois podem morrer. E há outros tantos problemas mesmo que a redução corra bem e a gestação vá adiante. Tem a STFF, por exemplo, a síndrome da transfusão feto-fetal. A partir de um dado momento um dos fetos pode passar todo o seu sangue ao outro, assim, sem motivo algum. Se isso ocorre, tenta-se uma cirurgia. Se falhar, um morre porque não recebe mais sangue e o coração do outro explode. Dimensões da cabeça, das mãos, dos pés. Aqui está o coração. Veja como bate.

Presto muita atenção. Elas conversam bastante. São muito gentis e compreensivas, mas muito diretas. Que vantagem há em esconder. Elas revelam mais horror. Se você tentar a redução, a chance de que os outros dois sobrevivam é de quarenta por cento. Quarenta por cento? Eu achava que...

Quarenta por cento. Viveremos com estes percentuais. O percentual de que apenas um embrião pudesse se triplicar: zero vírgula zero zero zero não sei quanto por cento. O percentual de que dois sobrevivam. O percentual de que, mesmo que sobrevivam, algum desastre aconteça. Um espião em meu cérebro diz: se o imponderável aconteceu, se aconteceu o que tinha zero vírgula zero zero zero não sei quanto de chance de acontecer, por que não poderia acontecer algo que tem quarenta por cento de chance? Esses quarenta por cento para mim não significam nada, e significam tudo. Na esperança inconsciente e estúpida na qual me afundei, às vezes significam muito. Uma possibilidade administrável. Em todos esses meses, nunca acreditaremos que realmente pode dar tudo errado. Nunca.

Tenho um mês para decidir. Se quero abortar. Se quero tentar. E se, caso tudo corra bem, estou preparada para encarar uma gestação gemelar em que o pior pode acontecer a qualquer momento.

Escrevi como me foi possível. Peço desculpas, mas acabei de reler trezentas mensagens trocadas naqueles dias para escrever com exatidão. Peço desculpas, mas não consigo ser mais exata do que isso. Dizer mais do que isso. O corredor branco-marfim do hospital está se mexendo. Saio da clínica assim que anoitece e choro, choro, choro. Vou à estação sem me importar com máscara, álcool gel, contágio. Entro em um bar para esperar o trem e fico sem máscara, não desinfeto as mãos, toco meus olhos, pego a máscara que caiu no chão e é essa mesmo que vou usar no trem. Não estou nem aí para porra nenhuma. Ligo para Andrea, chorando. Ligo para Giulia, chorando. Giulia também não sabe o que me dizer. Ninguém sabe. Entro no trem, chorando.

De manhã, antes de saber de tudo: «Aldo, Giovanni e Giacomo estão com medo». «Logo logo eles chegam. É bom pensar, né?» (são as mensagens de Andrea que me machucam, mais do que as minhas). «E se todos eles morrerem?» «Toni, por favor, não pense sempre no pior, são três, caralho, você sempre exagerada.» «Mas todo mundo diz que é possível.» «Mas agora temos que confiar. Te espero na estação hoje à noite. Espero você, Aldo, Giovanni e Giacomo.» «Eles querem nos dividir, mas nós não deixaremos, nós quatro estaremos sempre juntos.» (Eu não queria escrever essa mensagem, neste livro.)

Em seguida chega uma enxurrada de mensagens pós--consulta. Um misto de pavor por eles, pavor pelas mil coisas a serem feitas pelo livro em meio a esta situação. Pavor. No trem: «Vamos conseguir, Toni. A sorte é que você é forte. Sempre foi forte». Eu não respondo, ele: «Imagina se você fosse uma frouxa». Ele quer me fazer rir, e eu, louca que sou, rio. «Você é forte, sempre foi forte. São seus filhos, porra, são fortes como você. Eles não vão desistir.» «Jura?» «Sim.» Algumas horas depois: «Eu não consigo. Ainda mais ficar lá ouvindo por uma hora toda aquela agonia, aquela perspectiva de desespero. Terrível». «Quando você chegar a gente pensa juntos, vai, por favor. Não disseram que está tudo acabado.» «De qualquer forma, é um calvário. Uma coisa sem fim. Que pode acabar a qualquer momento. Por nove meses.» «Sim, eu sei. Mas mesmo com todo esse sofrimento, pode ser que dê tudo certo, não?» «Mas por que sempre todo esse sofrimento?» «Eu não sei, meu bem. Mas você tem que aguentar firme.» «Estou com o saco cheio de sempre ter que aguentar firme.» «Mas é assim que as coisas são. É inútil pensar de outra forma. Vamos aguentar firme juntos, amor» (se fosse a personagem de um livro, e agora estivesse dizendo amor, considerando como ele fala e quem é, partiria meu coração). «Coitadinhos. Hoje sonhei com eles. Eram dois.» «O que estavam fazendo?» «Loiros.» «Não é uma ação.» «Na barriga durante a ultra dava para ver que ela tinha cabelos cacheados e longos e ele tinha um corte de menino, parecia um lorde.» «Eram um menino e uma menina?» «Sim. Mesmo sendo impossível. Neste tipo de gravidez os três são iguais. De rosto, de corpo, tudo igual. Pensa só, três crianças iguais» (atenuamos, suavizamos, estamos loucos). «Espero que se pareçam comigo.» «Não, comigo.» «Como o sonho continua?» «Ela estava vestida de rosa e ele de azul» (com um emoticon bobo querendo dizer: qual seria a possibilidade de vestirmos nossos filhos de rosa e azul?). Ele: «Ahahaha» e uma pausa, depois: «Amores». «E dava para ver direitinho o rosto e as mãos. E estavam bem.» «E o terceiro, tadinho?» «Não apareceu», pausa, «mais.» «Nós vamos conseguir, puta que o pariu.» «Por que não pode ser normal? Por que não pode ser uma história bonita?» «Vamos conseguir.» E aí eu lhe conto do telefone lotado de mensagens sobre o livro, do Instagram, do Facebook, e eu que preciso responder toda feliz e contente, não sou capaz (na verdade não *preciso*: quero; continuo sendo esta pessoa cindida, ainda hoje, mesmo em um momento como este — você mereceu), não sou capaz (racionalmente eu não sei o quanto tudo isso que eu acho que me faz mal, me faz bem). Depois eu lhe conto que

(um instante, tomo fôlego)

para vê-los melhor as médicas tocavam e empurravam a barriga, e eles se mexiam. Agora eles se mexem. Agora eles existem. E como foram desejados. E nós queremos que fiquem conosco. Ele: «Mas há 40% de chance de que dois consigam seguir. Você tem que pensar que esta possibilidade existe». «Mas, mesmo que eles consigam, há 15-30% de chance de que os dois que ficarem desenvolvam STFF ou de outra coisa, e não sobrevivam. E estes percentuais seguem por todos os nove meses.» «Todo mundo nos disse que não chegariam a este ponto todos os três. Mas ainda são três. São durões, Toni. Esses três.»

Escrevo estas últimas palavras em 29 de dezembro de 2021. Contei para Andrea que continuo a escrever. Ele acabou aceitando ler o que escrevi. Li tudo em voz alta para ele. Não chorei nenhuma vez. Está chegando agora na sala. Acabou de acordar. Finalmente está em Roma — onde, como no resto do mundo, a covid está novamente em alta —, após uma semana de chuvas, o dia amanheceu ensolarado. Passei a manhã procurando as mensagens e os e-mails para ser o mais exata possível, para lembrar de tudo. Para escrever o que tinha que ser escrito. Andrea chega na sala e sorri: «Tem café para mim?». E eu descumpro minhas próprias regras e desato a chorar.

Por tudo, mas principalmente por uma mensagem sua que acabei de reler. A última mensagem do trem.

«O livro precisa ir muito bem», escrevo, «precisa nos dar força no meio desta confusão» (palavras exatas, sinceras como nunca). «Sim. Vai nos dar força» mais três emoticons de dedos cruzados. «O doutor S. disse para fazer uma ultra com ele amanhã de manhã e levar toda a documentação, na maternidade Z.» «Perfeito. A maternidade onde nasceram os meus sobrinhos.» Eu mando três corações. Ele: «E talvez os meus filhos também».

Quando volto para casa, preparamos a mesa e conversamos. Conto tudo procurando ser menos cruel, mas precisa. Não lhe mostro os desenhos do horror. Preciso me comportar como um robô que fala, preciso me comportar como um relatório médico (não posso chantageá-lo: por favor, não me faça abortar os únicos filhos que eu nunca quis abortar). Por fim digo, temos duas possibilidades: «Abortar ou esperar um mês. Tem que ser um mês pois precisam estar mais bem formados para entender se algum deles tem algum problema e, neste caso, *reduzir* este. Doze semanas são o limite. Nós estaremos com doze semanas daqui a um mês. No final desse mês, se os três ainda estiverem vivos, teremos que tentar esta redução. Se funcionar, a possibilidade de que não seja uma gestação fácil continua sendo altíssima, de toda forma». Quanto a esta última parte, não sei o quão precisa eu fui. Não sei se ele realmente entendeu a certeza de uma gestação pré-termo, os longos períodos de internação antes do parto, a imobilidade à qual se deve submeter — na cama, no hospital — em muitos casos já desde o quinto ou sexto mês, a possibilidade de não dar certo que permanece até o final, a possibilidade da TIN — terapia intensiva neonatal —, a possibilidade de que os bebês, se nascerem, possam para sempre sofrer de algo porque nasceram cedo demais ou não se formaram tão bem. Eu nesses meses estudarei tudo. Entenderei que há muito a se comemorar se os gêmeos (dois, não três) deste tipo de gravidez alcançam o sétimo ou o oitavo mês. Entrarei em um grupo de Facebook de gravidez monocoriônica diaminiótica (grupos de triamniótica, ou seja, de trigêmeos, não existem). Neles encontrei a força, e o desespero. É muito pior do que eu pensava.

Para concluir a conversa, digo: «Você quer fazer o quê? Abortar ou tentar?». Vejo um instante de dúvida. Claramente. Não sei o que se passa em sua cabeça. Vejo a dúvida passar em sua mente, leio-a e não posso suportá-la: «Vamos tentar, né?», digo. E meus olhos não admitem outra resposta. «Claro que vamos tentar», diz. «E vamos conseguir», acrescenta.

Sinto-me Voldemort, capaz de controlar a mente das pessoas.

O que vocês vão fazer?

Minhas amigas perguntam. Eu digo que não posso abortar. Elas concordam. (Não sei se realmente concordam ou se dizem que concordam para me ajudar; o que dizer para alguém numa situação como esta.)

Você contou para sua mãe?

Minhas amigas suplicam. Você precisa de ajuda, elas dizem, não pode aguentar tudo isso sozinha. Você precisa de ajuda. Mas eu estou imersa em um mundo que ninguém pode entender. Abrir a boca e falar quer dizer tornar tudo real. Não posso falar.

Pelo menos para tua irmã, então. Você precisa de uma pessoa querida.

Mas já tenho pessoas queridas que sabem, e não posso envolver outras pessoas nesta história. Não posso abrir a boca. Não posso falar.

Causar dor a meus pais, a minha irmã, não posso fazer isso. Não por eles: por mim. É dor demais. Não quero.

Fale com a editora, peça ajuda.

Eu sei que me ajudariam. Mas ainda sinto que os estou enganando — um pensamento baseado em absolutamente nada: mas é um pensamento real como o café que não consigo mais beber, até o cheiro me dá enjoo, e como eu amo que até o cheiro me dê enjoo. E tem mais, ao longo desta história eu nunca deixarei de me importar com meu romance mais do que com qualquer outra coisa (não mais do que com meus filhos, mas mais do que com todo o resto, sim, não do que com meus filhos, mas por sorte até agora ninguém me pediu: escolha, ou seus filhos ou seu livro).

Estou convencida de que trabalhar exatamente agora para a publicação e para os milhares de lançamentos e entrevistas esteja acabando comigo. Que essas duas coisas sobrepostas e misturadas sejam resultado de uma maldição. Mas, quando já será tarde demais, eu entenderei. Não conseguir desistir, não conseguir revelar à editora o que está acontecendo, será a única coisa que me impedirá de enlouquecer. Não tem a ver o fato de ser um livro: poderia ser qualquer coisa muito importante para mim. Basta que seja a *minha* coisa. Vai me salvar de enlouquecer.

Eu, até hoje, até agora, enquanto escrevo, pensava: como fui corajosa por não desistir do livro em meio a toda aquela situação. Pensava assim também enquanto tudo acontecia: como você é corajosa. Mas eu disse que para escrever é preciso ser sincera; aqui, e somente aqui. Portanto, devo me redimensionar. Não fui corajosa. Tirei vitalidade do meu trabalho como nunca antes. Tirei vida da lindíssima tormenta que foi o romance e a transferi para meus três filhos. Tirei

115

vida da lindíssima — sim, lindíssima — tormenta que foram meus filhos e a transferi para o meu romance.

Não é coragem. Não é sobrevivência.

Há uma imagem em que sempre penso. Uma sanguessuga que te suga o sangue, te suga, e te deixa fraco. E você se rende e fecha os olhos e como é bom finalmente desmaiar.

Imploro a minhas amigas que não falem de coisas tristes. Vamos fingir que está tudo bem. Mas tenho pavor de desmoronar. Não quero desmoronar. Foto da oitava semana mais cinco para Ada e Bianca, com a barriga descoberta, de perfil, como fazem as mulheres grávidas. «O que acham, parece que engordei ou dá para ver um pouco da barriga?» Respostas acaloradas: «Dá para ver! Claro que já dá para ver: são três!».

Usarei saias longas em todos os eventos de lançamento do livro. Porque as calças que tenho não me servem mais. Bianca havia dito: «Você vai ver, será natural parar de usar calças». Mensagens cheias de corações e emoticons felizes.

(Quando tudo terá acabado, exatamente dois dias depois de tudo ter acabado, minha mãe, que acompanha todos os lançamentos on-line, me perguntará: mas por que você está sempre de saia, você que não usa saia nunca? Desde então passarei a usar calças, mesmo que fiquem apertadas. Para que não passe pela cabeça de minha mãe que estou grávida. Eu não aguentaria. Não vi mais meus pais, desde que descobri a gravidez até o dia em que fui capaz de sorrir falsamente.)

Passaram-se alguns dias desde que voltei de Milão. Mergulhamos novamente na insensatez. Na esperança estúpida. Não é nem mesmo esperança. É certeza. Tudo vai ficar bem. Não pensamos nem mesmo que o primeiro passo é reduzi-los de três para dois. Falamos dos três por mensagens. Contentes. E do livro. «Saiu no *Corriere*!» a primeira crítica ao meu romance, 10 de janeiro, quatro dias antes do lançamento oficial. «Como é?» «Ótima» «Mas onde você está?» «Na sala» — durmo com frequência sozinha na sala. É de manhã cedo. «Então porque está me mandando mensagem se estamos na mesma casa?» «Porque não consegui esperar.»

12 de janeiro.
«Pode comprar bicarbonato? E aquela bebida de limão e gengibre que fica na geladeira na entrada do supermercado» (tudo me faz vomitar, bicarbonato e limão me fazem sentir melhor; agora, não quero nem ver na frente). «Que mais?» «Iogurte. E aquele biscoito de arroz ruim pra caramba.» «Ok qual bicarbonato» (manda uma foto). «Qualquer um. Não, o de limão» (compraremos mil frascos de bicarbonato, um ficou pela metade aqui em casa, toda vez que o vejo poderia jogá-lo fora, mas não quero; é um misto de: *não quero jogar fora, quero arrebentá-lo em mil pedacinhos*, e de: *e se um dia*

eu precisar de novo? Ainda essa esperança obscura? E mais: *se jogo fora, é porque aconteceu de verdade, se não jogo fora, vai saber quem o comprou e por quê).*

Tenho que preparar a mala para Milão: «Mas estou com sono, e Aldo, Giovanni e Giacomo estão putos da vida. Queriam ir para o set com você». «Se estiver com vontade, vem, mas será um dia cansativo.» «Não posso» (ressentimento, incompreensão). Depois: «Tenho que trabalhar em uma coisa sem a mínima vontade. Estou com raiva». «E Aldo, o que diz?» «Ele também está com raiva, quer dormir, não quer trabalhar.» «Giovanni?» «Ah, não quer saber de nada. Está contente. Até porque sabe que sou eu que faço tudo.» «Giacomo?» «Está ansioso. Diz que vai dar tudo errado. Com o livro. Diz que não vou saber falar bem sobre ele.» «É, ansioso ele.» «Tadinho. Giacomo fica por tua conta.» «Está bem. Deixa eu ir que vai começar a projeção.»

Dia 13 de janeiro chego a Milão.
Noite. «Vou dormir. Agg estão com sono» (falaremos deles também assim, AldoGiovanniGiacomo: Agg). «Você comeu?» «Não.» «Não deixa eles passarem fome, vai, tadinhos.» «Daqui a treze minutos é o meu dia. O dia que se aproxima.» Estou tão emocionada. «Coragem! Boa sorte!» «Tenho medo de entrevistas.» «Deixa com o Aldo, ele sabe dar boas entrevistas.» «Mas ele está dormindo. Como sempre. É igual a você.»

Dia 14, em Milão. Dia do lançamento oficial do livro.
Mil mensagens de «Você ouviu a entrevista no rádio? Como foi». «Sim, foi boa.» «Agora temos que ver como administrar cada passo com Agg. Se nos indicarem para o

Strega[5]... vão nos indicar?» «Claro que vão.» «Mas como eu vou fazer, em julho vou estar uma melancia» (ou maior, é provável, mas não abro a boca, já terei dado à luz nesta gravidez que fingimos não ser tão difícil; se tudo correr bem). «Você vai ficar linda grávida no Strega.»

(arrebentar tudo, arrebentar tudo)

E eu já me vendo lá, em julho, gravidíssima e radiante.

(arrebentar, arrebentar a cabeça)

Participo de lançamentos on-line, dou entrevistas, uma delas em uma livraria, mas sempre por streaming. Todos me dizem: você tem uma energia maravilhosa. Agg dão uma risadinha.

E sem mais nem menos, você desaba na escuridão. Brigas e mais brigas com Andrea. Grito que sou eu que estou passando por tudo. Que eu é que não poderei mais trabalhar como antes, eu é que enfrentarei problemas com a promoção do meu livro. Que ele continua fazendo seu trabalho e ainda por cima sem os problemas que eu tenho desde já. Que enquanto eu enlouqueço, ele está sereno. Ele diz: «Você desejou tanto isso, não é mesmo?».

(aconteceu e ainda vai acontecer muitas vezes de ele me responder: você desejou tanto isso, não é mesmo?)

---

5   O prêmio literário mais importantes da Itália, instituído após a Segunda Guerra. [N.T.]

(aconteceu e ainda vai acontecer muitas vezes de eu dizer: não é só minha esta coisa, consegue entender?)

(aconteceu e ainda vai acontecer muitas vezes de ele dizer: não é só sua esta coisa, consegue entender?)

(não acho que sejamos capazes de nos entender)

Ele me diz: «Estou procurando uma casa. Precisamos nos mudar. Não podemos continuar aqui no quinto andar sem elevador e sem um quarto a mais».
Eu estou nas nuvens.

Quando ele vai para o set, às vezes fica o dia inteiro sem me escrever.
Quando ele vai para o set, às vezes deixa mensagens cheias de ternura para nós quatro. Ainda tenho essas mensagens, mas não sei mais onde estão, e não quero saber.

Hoje, 3 de janeiro de 2022, preciso reconsiderar este livro. Disse que comecei a escrevê-lo ainda possuída de uma absurda obscura esperança. Disse que este livro exerce influência sobre mim.

Talvez não exerça mais.

Ao contrário, a verdade é que nunca exerceu. É uma grande bobagem. São apenas coincidências em que prefiro enxergar indícios.

Estou apenas procurando alguma coisa, qualquer coisa em que acreditar.

Estou escrevendo o que aconteceu, mas não o que está acontecendo agora. O que acontecerá amanhã, não tenho como saber. Mas sobre o que está acontecendo agora, não posso escrever. Não é um diário, não posso escrever dia após dia, enquanto tudo acontece. Não tenho forças, nem vontade.

Hoje aconteceu uma coisa que provavelmente me fará reconsiderar este livro. Uma coisa que mais uma vez prejudica a minha inútil convicção de dar um final feliz para esta história. Escrevi livros com finais ruins, finais abertos, finais de esperança, mas nunca um livro com um final feliz.

Gostaria tanto de conseguir escrevê-lo, de saber escrevê-lo, um dia.

Preciso reconsiderar o que é um final feliz.

Preciso reconsiderar o que eu lembro. Necessito de ajuda — registros médicos, mensagens, e-mails — para lembrar.

Omiti mensagens de brigas feias e palavras duras entre mim e Andrea. Omiti que uma vez ele me falou de dois filhos e eu disse e o terceiro? Já esqueceu? E fico puta — mas, no fim, o que devo esperar?

Por exemplo, brigamos muito porque ele me diz que talvez não possa ir a Milão daqui a um mês, estará filmando. Eu digo mas puta que pariu, você não está com uma pessoa que não coloca o trabalho em primeiro lugar, não está com alguém que não entende o que significa o trabalho para você (e para mim). Fiz tudo sozinha. Fui a Milão sozinha ouvir falar de morte. Mas desta vez você vai ter que ir. É necessário que você também autorize a operação. Você é necessário.

Ele sabe que desta vez não tem alternativa. Começa a tentar entender como fará para estar três dias ausente do set — nem um a mais.

Eu narro o passado, é verdade, mas narro o passado hoje. Agora, aquelas brigas não são o ponto. E não porque eu o tenha perdoado, ou porque me pareçam brigas bobas, ou porque eu me sinta a santa vítima e ele o algoz. A realidade é muito mais turva. É que há, sempre, um foco naquilo que se conta. Quando é inventado, e quando é verdade. Um foco como a focagem de uma câmera de filmagem, um foco até mesmo como a focagem do iPhone. Não dá para fotografar tudo. Você decide o foco e aponta. Meu foco são eles três.

Se fosse uma personagem de ficção, Andrea seguiria uma mudança que vai de A para B para C. Na vida, no entanto, ele é como um gráfico de contágios de covid, ou um eletrocardiograma, ou o desenho de uma criança. Sobe e desce, muda e volta atrás, gira em torno de si mesmo, se repete, vira do avesso. Em um romance, em uma ficção, a personagem nunca deve se repetir. Andrea se repete e desiste e vai para frente e para trás sem ordem nenhuma, sem nenhum sistema que possa nos ajudar. Até o meu gráfico, se fizessem um, seria completamente desorganizado. Os únicos que seguem em linha reta como um trem, em ordem, perfeitos, fiéis protagonistas de um romance, os únicos que seguem direitinho a própria direção, o próprio destino, são eles três.

Ontem Andrea me disse novamente que tenho que superar essa história. Diz isso toda vez que brigamos feio. Disse no Natal, quando não sabíamos o que fazer e ele propôs de vermos *Harry Potter* e eu respondi: «Não consigo, a gente assistiu ano passado». Diz quando não sei como me deslocar em Roma e ele me fala pega a scooter e eu digo: peguei bronca da scooter, não uso nunca mais. Disse ontem quando brigamos e eu disse: «Caralho, eu quero me distrair, não quero pensar no que estávamos fazendo o Natal passado». Quando ele diz isso, eu pego minha cabeça e lanço em outra direção, e não o escuto mais.

Do contrário, o que eu faria com ele?

Os homens — dizem-me — os homens não entendem, não conseguem entender. Os homens. Sei lá. Não sei o que penso dos homens, não sei o que penso das mulheres. Muitas vezes não sei o que penso, nem quero saber.

Até o final do terceiro mês, por ser uma gravidez fruto de uma RA, tenho que continuar com as injeções e o restante dos medicamentos.

Eu tomo: ácido fólico, comprimidos de Primogyna (dois pela manhã, dois à noite), aspirina 100 mg, adesivos Estradot (dois a cada 48 horas), PredSim, Pleyris solução injetável (dois por dia).

Não vejo a hora de que o terceiro mês acabe e que a minha gestação se torne uma gestação como outra qualquer (estou louca, esta frase não cabe nesta gravidez).

Meu livro saiu, estou fazendo os lançamentos, as entrevistas. Tenho um mês para não pensar que meus filhos podem não nascer, que pelo menos um deles certamente não nascerá.

Em minha casa há um cômodo que detesto. É o escritório, que fica em direção ao norte e é gelado. Nunca entro nele. Fico sempre na sala, que é muito ensolarada. Neste mês, como em geral acontece ultimamente, passo muito tempo sozinha. Sozinha, dá até vontade de rir. Quando estou sozinha, somos quatro.

Nós aqui fechados com o toque de recolher, Andrea no set com autorização para filmar até tarde. Ele vê a noite que nós — isto é, o resto da Itália — não vemos mais.

Passo tempo demais sozinha, e me rasgo de medo de que esta gravidez possa prejudicar o romance. Não mudei.

Sou a mesma de sempre. Em seguida me animo e digo que esta gravidez só pode fazer bem ao livro. Não mudei. Sou a mesma de sempre.

Andrea está desaparecido.

Eu fico em casa no calor e quase sempre me sinto só e amedrontada. E muitas vezes me sinto feliz.

Quando Andrea não está, faço os lançamentos e as entrevistas da sala, sempre repleta de luz.

Quando ele está, me fecho no escritório, no frio, porque tenho vergonha de falar na frente dele. Com o tempo, aprenderei a amar esse cômodo.

Toda vez que apresento o livro, alguém me pergunta se tenho filhos, já que conto a história de uma mãe que tem uma relação muito difícil com suas filhas pequenas. Já que, em suma, falo de maternidade.

Eu nem pensava nisso enquanto escrevia esse livro. Mas agora as perguntas estão aqui, e nós quatro estamos aqui. E eu digo que não tenho filhos, mas por dentro estou tão feliz: Al Joe e Jack dizem minha nossa senhora como você finge bem! Ou dizem minha nossa senhora como você é mentirosa! Ou estão nadando, se mexendo, e a cada semana, a cada dia, a cada minuto, minha nossa senhora, como crescem.

(Continuarei apresentando o livro por muito tempo depois que tudo já tiver acontecido; continuarão me perguntando: você tem filhos? E terei que responder, e serei obrigada a dizer ao meu cérebro responda sem pensar, responda sem chorar; não chorarei nem uma única vez, nunca, diante do mundo, nem mesmo depois de tudo ter acontecido; tem certeza de que consegue continuar apresentando o livro? me dirão. Eu consigo, sempre consigo. Não tem necessidade de brigar consigo mesma o tempo todo, Antonella, dizem aqueles que me conhecem bem. Eu só funciono na luta. Brigando em prol de ou contra mim mesma.)

No fim de janeiro, a assessoria de imprensa da editora me manda preencher o formulário para participar do prêmio Strega. Assino um documento em que consta que, se for o caso, estarei disponível para participar do tour de lançamento. Eu assino, e meu corpo se divide em dois: metade diz você vai conseguir, a outra metade diz se tudo correr bem, se por um milagre tudo der certo, na época do tour do Strega você não poderá sair da cama. Cale a boca, cabeça. Quando foi que uma cabeça que falou disse coisas certas.

Antes de começarem os lançamentos, vou à cabeleireira africana que fica na minha rua. Ela lava e faz escova em meus cabelos. Estou ali, com ela, e com os três. Tenho a impressão de que ela sabe. Mesmo que ninguém saiba. Parece que todo mundo sabe, mesmo que ninguém saiba.

(*Depois*, terei que voltar nela. Vou resistir durante meses. E vou trocar de cabeleireiro. Não consigo mais entrar naquele salão.)

Um mês perfeito. Do início de janeiro ao início de fevereiro.
Obrigada por este tempo, livro.
Obrigada por este tempo, Al Joe e Jack.

«Vai fazer o que hoje?», escrevo a Giulia. «Estou trabalhando em casa com as crianças, quer passar aqui? Podemos comer juntas aqui em casa.» «Sim. Domingo vou para Milão. Não sei se volto com um, dois ou nenhum, vai saber.» «Você vai voltar com o número certo, tenho certeza», pausa, depois «Caralho, esse domingo já». «Pois é», pausa minha, «Então vou resolver umas coisas do livro e depois passo na sua casa, ok?» A vida se resume ao que acontece enquanto se luta contra o medo? Ou à soma dos momentos de alegria e inconsciência que não te deixam ser dominada pelo medo?

Vou para a casa da Giulia. Tenho que dar uma entrevista por telefone, então me fecho no quarto das crianças. Lembro-me tão bem dessa entrevista. Quando ela sair, tudo já terá acontecido. Lembro-me de estar fechada naquele quarto com caminhas e brinquedos. Lembro-me do céu cinzento de fim de janeiro. Lembro-me dos telhados de Roma que vemos do quinto andar do prédio da Giulia, em Furio Camillo. Lembro-me de dar a entrevista sentindo tudo, tudo, tudo mergulhado em uma substância pegajosa que não sei de que cor é, nesta substância pegajosa que é a consciência, que nunca me abandona, de que os três estão aqui.

Lembro que pedimos comida chinesa. Eu como pouco, mas como. Lembro que o companheiro de Giulia chega em casa e é muito gentil comigo. Lembro que Giulia e eu rimos enquanto comemos. Ninguém fala de domingo, quando terei que ir para o hospital de Milão. Não sei se Giulia ou seu companheiro estão pensando nisso. Eu com certeza não.

E não ligo se Al Joe e Jack gostam ou não de comida chinesa.

Fumo um cigarro.

Sábado saio para dar uma volta com Carlo em Roma. Está fazendo sol.

É dia 30 de janeiro. Entramos em uma igreja no centro, nos arredores de Regina Coeli. Não lembro exatamente qual. Um aviso na porta da igreja: SEGUREM-NA PARA QUE NÃO BATA. Carlo tira uma foto minha detrás da porta olhando para fora, circunspecta, de máscara, com os dizeres ao lado: SEGUREM-NA PARA QUE NÃO BATA. Publico a foto no Instagram e os comentários são de risadas, segurem-me para que eu não bata, e nem eu mesma sei que tipo de mensagem cifrada é esta que eu acabei de mandar às estrelas.

É minha última foto com eles em Roma. Mas ainda não é minha última boa lembrança.

Chegamos a Milão domingo à noite. A operação é terça-feira. Terça-feira estarei com doze semanas mais dois. Bastante tempo junto deles três. Giulia: «Tenho certeza de que a partir de quarta-feira a situação será um pouco mais normal. Difícil, é claro, mas factível». «Sim, mas neste momento ninguém está minimamente pensando em toda a merda que vou ter que encarar», (estou chorona e ressentida, até a Giulia estou acusando sem ter coragem de acusar, estou sendo desonesta e querendo criar sentimento de culpa, e me fazendo de vítima), «como se fosse uma coisa normal. Eu não sei nem se dói, e o quanto dói. Ou como eu vou ficar. Ou como eles vão ficar. Não sei de nada. E só porque não quero que ninguém sinta pena e me faço de durona» (ainda esta história). «Se te serve de consolo, eu estou pensando.»

Após algumas horas ela escreve: «Me manda o link do hotel que assim sei onde te imaginar».

Agora, relendo a mensagem, me dá vontade de chorar. Esta coisa de ela querer me imaginar.

Eu disse que escrever este livro já não exerce influência sobre mim. Que nunca exerceu; eu imaginei tudo. Não é verdade (é verdade, não é verdade). Os momentos que passo escrevendo este livro são os únicos em que não penso neste presente inadmissível.

Em que, mesmo imersa na dor e nas lembranças que não quero lembrar, há um fundo de alegria. Porque estou escrevendo o meu livro.

Depois de tudo que me abandonou, isto fica. Esta teimosia. Não se trata de salvação. Não se trata de redenção. Não se trata de urgência, nem de necessidade. Trata-se de buscar criar algo que ainda tenha valor para mim, de tentar com todas as minhas forças. No fim, trata-se de existir.

Alguns dias antes de ir a Milão, saio para passear com uma amiga. Via Urbana, Via Leonina, Via della Madonna dei Monti, Via Tor de' Conti, Largo Corrado Ricci, Via dei Fori Imperiali.

Não tem ninguém na rua. Tem a covid. Acredito que este passeio seja proibido por lei, mas não lembro bem como e por quê. Minha amiga de trinta anos fala de paqueras, sexo, encontros, festas clandestinas. Pede conselhos e ri, seus cabelos são loiríssimos, a pele lisa e os olhos verdes. Eu me sinto velha e pesada com esses três filhos dentro, como se eu tivesse comido demais. Penso que já não sou atraente para ela, já não sou atraente para ninguém. Por dentro; vista de fora ainda não. Eu gostaria de falar de sexo, paqueras e festas. No entanto, só conseguiria falar do que é foda — no sentido de problema grave —, só de merdas infinitas, de relatórios médicos, gestações monocoriônicas triamnióticas, só de injeções na barriga — Menopur, Gonadotropina Coriônica —, só de adesivos Estradot — uso um a cada dois dias desde não sei quando na barriga, irritam a pele, me dão coceira — , de cortisona porque tenho hipotireoidismo e a tireoide quer te fazer abortar, e óvulos de Progeffik e comprimidos de Primogyna, e nem chego a ter vontade de um Blood Mary, e não teria nem se estivesse na hora do happy hour. Caminho me perguntando, mas por que não sou como as outras mães? Que ficam felizes felizes felizes. E à tarde tiram a sonequinha dos justos. Se fosse uma gravidez normal, eu teria os mesmos pensamentos.

Porque no fundo eu não passo de uma mãe de merda; ou nem sou uma mãe.

Na Piazza Venezia ela me diz: «E você, o que me conta?».

Eu queria viajar para o outro lado do mundo para o México os Estados Unidos o Panamá o Brasil a Terra do Fogo as Bahamas as Ilhas Maurício a Austrália em Melbourne para a Nova Zelandia, queria nadar no oceano, dançar reggaeton em Cuba a noite inteira bebendo rum a noite inteira, beber batida de coco, Piña Colada, respirar o ar caribenho, dizer uaaaau, isso aqui eu nunca tinha visto.

«Bora fazer isso», ela diz toda animada.

«Sim!», digo.

Ei — os três dizem.

Oi, podem falar — eu digo.

Ei — eles dizem.

Na primeira noite em Milão tem o toque de recolher e os restaurantes fecham às 18h. É permitido comer apenas no hotel. Um hotel ruim, o único próximo à clínica. Brigo com um garçom de cara bronzeada porque está com a máscara abaixo do nariz falando perto demais do Andrea. E é muita falação. Andrea, por educação, não o manda à merda. Eu o mando à merda.

Estamos muito bem.

Estamos completamente inconscientes.

Conversamos sobre a comida horrível — eu não consigo comer nada, só de ler o nome das comidas parece que sinto o cheiro e me dá vontade de vomitar — e sobre Al Joe e Jack.

Joe não aceita nada menos que um restaurante estrelado. Terá que superar isso.

É uma noite inconsciente.

De manhã acordamos cedo, inconscientes.

Vamos ao hospital.

São poucos minutos, vamos a pé passando por obras de trânsito. É obrigatório usar a máscara em ambientes externos. Estamos totalmente inconscientes do que esteja acontecendo. Para nós, parece um passeio.

O hospital é muito agradável. Todos nos tratam bem. Andrea precisa esperar no corredor do lado de fora da — que nome horrível — Patologia Obstétrica (sabe quando você imagina que um nome como esse nunca vai fazer parte da sua vida?). Entro, preencho alguns formulários, perguntam meu grupo sanguíneo, devido à operação que farei amanhã. Eu não sei qual é meu grupo sanguíneo. A recepcionista me diz: «Mas como você não sabe, é fundamental em uma gestação». Mas não fiz todos os exames que as outras mulheres fizeram na mesma época da gestação. Isso me assusta. Por que não faço os exames que todas as outras mães fazem? A razão diz: porque o seu caso é questão de vida ou morte, seria inútil fazer exames em três bebês que poderiam morrer (mas quando esta voz racional chega eu a silencio, não falo do assunto com Andrea, que claramente não tem ideia do quão estranho é não te deixarem ouvir os batimentos, não me mandarem fazer os exames, eu sou persistente em deixar pensamentos racionais me atravessarem como se eu fosse feita de água, ou de ar, ou de nada, e em surfar lindamente em pensamentos mágicos de que eu só preciso querer de verdade para que um desejo se torne realidade; querer de verdade, portanto seria culpa da minha parte monstruosa se). «A senhora não pode perguntar para alguém?» «O quê?» «Seu grupo sanguíneo.» «Só para minha mãe. Mas minha mãe não está sabendo de nada, não sabe que estou aqui, não sabe nada de tudo isso e...» «Está bem», a mulher da recepção sorri, e sinto como se ela compreendesse tudo, «vamos fazer uma coleta rápida.»

Obrigada.

Vou para a sala de espera. Quando chegar a minha vez poderei avisar Andrea e ele me encontrará na sala com as médicas que conheci um mês atrás. Lá fora Andrea está o tempo todo no telefone, porque não está no set mas tem que ser como se estivesse. Eu troco mensagens sobre o romance com a editora como se não estivesse ali nos confins entre a vida e a morte e sim no calor de minha casa, depois troco mensagens com amigos que não sabem, inventando onde estou e por que, e depois troco mensagens com Andrea.

A sala das médicas é enorme. Toda escura, para ver melhor a ultrassonografia. São muito gentis. Andrea está — assustado? Não sei qual é o ad

(Hoje, 5 de janeiro de 2022, estou pensando: já que é um momento difícil demais de contar, em vez de ficar duas horas parada olhando a parede, a janela, o Instagram, o Facebook, o Twitter, em vez de ler notícias inúteis, fumar outro cigarro — um Iqos e um de tabaco, para ser mais exata —, sentir o fedor da fumaça que me dá dor de cabeça, empurrar o cinzeiro para longe pensando que assim empurro para longe o fedor, pensar o que tem para comer?, quero comer e pronto, levantar, procurar, não tem nada para comer e ainda por cima estou com uma dor de cabeça fortíssima, e portanto estou com enjoo, não com o enjoo certo; em vez de procurar alguém com quem conversar, em vez de olhar novamente fotos felizes e/ou tristes — todas, exceto as que me servem para este livro —, em vez de mudar de posição, sofá com as pernas cruzadas e computador no colo ou então sentada com o computador na escrivaninha, em vez de pensar sou míope demais não enxergo mais nada, em vez de pensar de todo modo eu não uso e nunca vou usar óculos, em vez de procurar uma trilha sonora adequada para escrever este livro — não consigo escrever este livro em silêncio, mas por enquanto a única trilha sonora que funciona é a de *Lost* porque me acalma, mas não aguento mais escutá-la —, em vez de tudo isso, será que você poderia tentar se proteger pela escrita? Escrever esta parte em versos? Escrever apenas frases curtas, sem adjetivos? Ou então pular e ir diretamente ao que acontece depois? Ousar e escrever sem vogais? Pensa só na inovação estilística de escrever sem vogais. Ou então, sei lá, escrever apenas diálogos? Sem descrição. Vamos tentar. Mas antes termine a palavra «adjetivo». Está bem.)

jetivo.

Não, só um minuto (covarde).

Ontem, 4 de janeiro de 2022, assisti *Mãe!* de Darren Aronofsky. Já pelo título entra para minha terapia de choque. Não exatamente o título de um filme que eu escolheria ver. A essa altura Andrea nem pergunta mais se eu aguento, pois eu já disse um milhão de vezes que aguento muitíssimo bem (falsidade total). Que nada me atinge (aliás passaram-se meses, já está na hora de superar isso tudo, ele diria, se eu dissesse que não dou conta. Não quero que ele me diga isso. Porque do contrário, sendo a única testemunha do crime, eu teria que matá-lo. E não por ter sido testemunha *deste* crime — que ele também cometeu — mas porque se eu realmente ouvisse a frase «já está na hora de você superar isso tudo» eu teria que pegar uma faca e rasgar sua garganta. Mas não me convém. Estou velha demais. Com quem vou tentar um filho de novo?). Vendo esse filme — quem escolheu fui eu — não paro de me mexer um segundo no sofá, e dessa vez não porque tenho medo de filme de terror (*também* tenho medo de filme de terror) mas porque estou esperando a hora em que meu coração vai se partir. Na verdade, logo de cara meu coração se parte, o filme chama-se *Mãe...* sobre o que eu quero que ele seja?

Mas eu tenho que assistir. Preciso provar a mim mesma que consigo.

Aparece a Jennifer Lawrence com seus peitos magníficos, respirando juventude pelos poros, loucamente apaixonada por um poeta em crise mais velho do que ela, Javier Bardem. Eu já não vejo as mulheres jovens como mulheres jovens. Sinto que uma gravidez vai explodir a qualquer momento nelas. Que são um concentrado de hormônios, uma fruta como o figo quando está prestes a arrebentar e escorre uma substância branca que parece leite, que são um concentrado túrgido de hormônios prestes a fazer um bilhão de filhos só de tocar nelas — não como eu, que.

Não quero contar o filme.

Desculpem se revelo algumas coisas, mas é necessário. A certa altura, Bardem finalmente consegue voltar a escrever. Eu me senti ele, o tempo todo. O desespero de quando você não consegue escrever. O medo. E o tempo todo senti pena dela — no fim ela não tem nada na vida, não quer nada além de um filho (eu dizia a mim mesma: eu não sou assim, nunca fui assim).

Aí quando ela fica grávida eu não consegui mais. Passei a odiá-la. Passei a odiá-la desde a manhã após o sexo — aquele sexo fantástico com ele, aquele sexo que não lembro mais como se faz, quando você não pensa em que dia da ovulação está (e depois: pernas para cima para os espermatozoides penetrarem melhor, não se levanta rápido se não eles caem, tudo baboseira que sempre soube que eram baboseiras; mesmo assim eu fiz, e como; mas não falo mais) —, passei a odiá-la quando ela acorda de manhã e diz para o marido: estou grávida. Minha nossa senhora aquela cara de santa. De mulher que entendeu tudo. Que no dia seguinte ao que trepa com o marido pela primeira vez: fica grávida. E sabe. Odiei o sorriso que ele dá quando ela conta. Eu a invejei como se fosse uma história real, uma pessoa real. Aquela vaca.

Aí tem uma parte no meio do filme que não quero contar. De todo modo, esta criança que vai chegar gera fecundidade até no trabalho. A imprensa o aclama. Os fãs o aclamam. Ele, que estava morto, vive novamente. Mas ela não quer que ele vá para o mundo colher os frutos daquilo por que tanto lutou. Diz a ele: fique comigo, seremos eu e você.

«Ah, para de encher o saco!», eu disse para a TV. «Mas como essa aí enche o saco», eu disse a Andrea.

Depois tem uma cena em que os dois ficam um de frente para o outro, fora da casa.

Ela está prestes a dar à luz, a barriga está gigantesca, os fãs gritam o nome dele (o quão feliz deve estar por ter finalmente feito um bom trabalho? A felicidade total).

E minha cabeça começou a rodar. Eu disse: Jesus Cristo. Eu sou ele *e* sou ela. Sou Bardem e sua ambição. Sou Jennifer Lawrence e a ideia fixa daquele filho.

Ela jovem, loira, de frente para ele, mais velho, moreno, alto. Tive a impressão de me ver duplicada. Minhas partes opostas frente a frente. Querem matar uma à outra.

Me senti estúpida por ser mulher.

E depois pensei: será que Andrea me vê como essa aí?

Eu e a doutora da clínica Y. nos falamos pouco. Mas é ela quem me prescreve os remédios da RA que preciso tomar até o terceiro mês.

Completo o terceiro mês em 31 de janeiro. Doze semanas. Se fosse outra gravidez, agora eu estaria quase fora de risco. A maioria dos abortos ocorre nas primeiras doze semanas. Dia 29 escrevi uma mensagem para a médica da clínica Y. Expliquei rapidamente a minha terapia e perguntei como deveria continuar.

Ela prescreveu a receita e me mandou a foto por WhatsApp. E eu devo procurá-la, não?

Aqui está, exatamente como é, com o negrito, sem negrito, até as bolinhas.

Sra. Lattanzi avaliar com o ginecologista responsável pelo tratamento quando suspender o ácido fólico e a aspirina

12 semanas:	• Interromper o estradot
	• 2 primogyna de manhã + 2 primogyna à noite
	• ½ comprimido predsim
	• Um progeffik 200 mg
	pela manhã, um à tarde, um à noite (via vaginal)

13 semanas:	• 1 primogyna de manhã + 2 à noite
	• Interromper o predsim
	• 1 progeffik de manhã e 1 à noite

14 semanas:	• 2 primogyna à noite
	• Um progeffik à noite
15 semanas:	• 1 primogyna à noite
	• Interromper o progeffik
16 semanas:	fim do tratamento

Agradeci toda feliz e disse ok, como se eu não estivesse indo fazer a operação dia 2 de fevereiro: quatro dias depois dessa mensagem. Como se, ok: então agora vamos escalonar os remédios e depois chega dessa gravidez estranha. De agora em diante, será uma gravidez normal.

Fui olhar o calendário do ano passado no iPhone para lembrar bem dos dias. Ainda tenho a passagem do trem, 31 de janeiro. Viagem Roma Termini–Milão Central, Frecciarossa 9548, vagão 7, lugares 5B, 9B (Andrea sempre fica feliz quando não encontramos lugares juntos, assim não encho o saco dele querendo conversar), código M2Z7AN.

Não tinha mais olhado o calendário. Como eu te odeio, Toni de um ano atrás.

Quando chego a Milão dia 31, começo a escalonar os remédios da RA. Aqueles adesivos que dão coceira, não preciso mais colocar na barriga. Que falta eu vou sentir. Jamais conseguirei terminar o esqueminha que a médica da clínica Y. me deu.

Volto para a sala grande, escura (desculpem, preciso respirar, não tenho coragem).

Deito-me na maca de pernas abertas. Do meu lado está o aparelho de ultrassonografia, monitorado pelas médicas. À minha frente, na parede, vemos a ultra ao vivo. Onde está o Andrea?

Não me lembro. Se me esforço, o vejo à minha direita. Mas não me lembro. A médica que está fazendo a ultra me faz um carinho na perna apoiada sobre a maca. Por um instante. Quero chorar. Não choro. Já chorei. Chega de chorar.

Sinto a sonda do ultrassom passando na minha barriga. Vejo-os. Na tela aparecem três bebês na décima segunda semana mais quatro. Não param quietos. A médica mostra: «Este é o primeiro, este é o segundo, este é o terceiro». E sorri. «Estas são as mãos, estes são os pés, esta é a cabeça.»

«Como eles estão?»

Os três estão bem, os três estão muito bem. Quem diria que não perderíamos nenhum pelo caminho. Há ossos quebrados dentro de mim. Fizeram e ainda fazem muito barulho. A parte da esquerda quer que os três estejam bem, e dá um suspiro de alívio toda vez que este milagre acontece (todos haviam dito que a possibilidade de que os três chegassem a esse ponto era baixíssima, muito mais baixa do que a maré sempre baixa de Sabaudia). A parte da direita quer que um, ou dois, sejam *reabsorvidos* sozinhos — você tem que ser sincera, sua filha da puta: morram — de forma que minha gravidez possa se tornar uma gravidez gemelar mais gerenciável, ainda que difícil, ou uma gravidez única. Uma gravidez normal.

(Você tem sempre que exagerar, né, ou tudo ou nada, Andrea me disse mil vezes, Giulia me disse mil vezes; é verdade, eu sou teimosa, exagerada, quero sempre tudo e mais um pouco, mas desta vez eu queria só uma coisa que nunca tive na vida: poder aproximar à palavra «eu» a palavra «normal». Meus amigos se divertem comigo porque sou estranha. Você é louca, eles sempre dizem. Você não é normal, eles sempre dizem. Finjo que acho legal, e quando eu era criança realmente achava legal não ser normal. Agora não acho mais. Sabe aquele tipo de mulher da minha idade que usa os brincos combinando com o colar, o cabelo perfeito e roupas de bom gosto com a bolsa certa? Quero ser assim.)

Os três estão bem e eu sou o diabo e o anjo e estou felicíssima e irritadíssima. Por que vocês estão colocando a vida de seu irmão em perigo? Por que um, ou dois de vocês, não desapareceram sozinhos? Não são pensamentos de uma mãe. Não são pensamentos que vêm à tona. Eu quero que todos fiquem vivos, e fiquem bem. Mas aqui preciso ser sincera então.

Estão se mexendo, a ginecologista aperta minha barriga para que eles se movimentem, agora estou vendo Andrea à minha direita, lembro-me de Andrea e de mim dizendo para ele olha os três, e ele olhando, e a médica como se fosse uma gravidez qualquer dizendo olhem eles. E aí, enquanto anota as medidas em silêncio e fala com suas colegas, ela diz, em um tom suave como se dissesse hoje, amanhã, *en passant*: «São meninas».

Eu sempre achei que fossem meninos. Tinha certeza. E, no entanto, são meninas. Nunca cheguei a saber o sexo das crianças que eu não tive. Não perguntei. Nunca me disseram. São meninas. E, agora que sei o sexo, estão irrefutavelmente aqui. Não são fetos, não são silhuetas impressas em uma ultrassonografia, não são Al Joe e Jack. São minhas três filhas. Penso: minha mãe vai ficar feliz de saber que são três meninas. Minha irmã também. Elas sempre preferiram meninas. Três meninas idênticas que — vi no grupo de gravidez monocoriônica diamniótica em que me inscrevi — no início nem as mamães conseguem distinguir («o que faço, mães, boto pulseiras de cor diferente no pulso?», e respondem rindo). Três meninas. As minhas três filhas meninas.

Três filhas com os mesmos olhos, as mesmas orelhas, a mesma cor de cabelo, as mesmas mãos, os mesmos pés, o mesmo rosto, a mesma altura. Um tanto perturbador ver três meninas tão idênticas, como se fossem robôs, três meninas que dirão: papai, papai, papai.

Elas são minhas três filhas. São de verdade. Vivem. E eu sou a mãe.

O quarto explode em milhares de confetes com essa alegria sem fim que não faz sentido nenhum sentir. Odeio o mundo, porque não quer que eu seja feliz. Porque não faz sentido ser feliz. E, no entanto, eu estou feliz e Andrea está feliz e são três meninas e são as nossas meninas e nós teremos três meninas. Agora é certeza.

Vemos um rosto de relance. Um instante de morfológica — o exame que fotografa os bebês exatamente como são, uma fotografia real —, por um segundo vemos o rosto de uma delas, o nariz os olhos a boca, ela está amarela na fotografia. Eu sei que é assim porque sou mulher e vi as morfológicas das minhas amigas. É a hora em que as amigas te dizem: olha que narizinho lindo. Parece com quem?

Dura um segundo, tenho essa foto impressa só aqui, na memória. Nunca a tive em mãos. Não me deram. Depois direi a Andrea: você viu aquela foto amarela? Como passar do cinema em branco e preto para o cinema em cores. Do mudo ao sonoro.

Quem era você? Minha única filha menina cujo rosto eu vi. Quem era? Quem você seria?

«Não consigo escrever», digo, hoje, a Andrea. É dia 27 de janeiro. Para retomar a coragem de escrever esta parte do livro, levei quase um mês. Não quero escrever. «Você poderia escrever?»

«Como assim eu?», ele diz.

«Você conhece a história.»

«E o que vamos fazer», ri, «um romance a quatro mãos?»

Eu penso: duas, quatro, seis, oito, dez (não sei fazer contas, eu disse: preciso calcular) mãos. Um romance a dez mãos.

Eu a vejo por um segundo, minha filha.

A boca, o nariz, a testa, os olhos, o queixo. Tudo amarelo e um pouco estranho, como uma morfológica sempre é. Uma menina extraterrestre. Vejo-a por um segundo. Uma delas. Qual das três?

«As três estão muito bem.»

É a primeira vez que alguém usa o feminino.

E os corações. Desta vez explodem por todo o quarto, os três corações. Batem rápido, muito rápido. Um som que te deixa maluca. Um som que causa dependência, você tem vontade de ouvir para sempre.

Você os vê muito pequenos, azuis e vermelhos, no ultrassom, bombeando. Seres com vida. Você vê as linhas que sobem e descem como o humor de minha mãe quando éramos crianças, como o meu humor desde que me entendo por gente. Mas desta vez este sobe e desce não é *estranheza*, é vida.

O coração, a mão, o rosto, olha só, sim estou olhando, olhem, todas as três estão muito bem.

Mas, em vez de ficarmos felizes, de alguma forma temos de ficar tristes, mesmo agora. Por alguns segundos, esqueci que estamos aqui para *reduzir* uma delas. Que éramos cinco quando chegamos a Milão, mas certamente não seremos cinco voltando. De algum modo, ainda temos que ficar tristes. Esperamos até a décima segunda semana mais quatro para a operação porque é o limite final para abortar um deles. Nesse mês — os médicos haviam me explicado usando eufemismo — havia a esperança de que um ou dois *não resistissem* sozinhos. E, se um dos três tivesse algum problema neste exame superavançado, seria obrigatório decidir: vamos *reduzir* este, ou *estes dois*. Porque não vão mesmo resistir.

Mas temos três meninas lindas, robustas, saudáveis. Elas estão conosco. Estão aqui: as três estão tão bem que a ginecologista me pergunta se por acaso eu fiz doação de óvulos — isto é, se os óvulos não são meus, mas de uma mulher mais jovem —, porque, pelas características que apresentam, parecem provenientes de óvulos mais jovens.

«Antonella, tem certeza de que os óvulos são teus? É importante para a operação. Sabe como é, às vezes, por vergonha, algumas mulheres...»

Sim. São meus. Os óvulos. E as filhas.

Os valores estão corretos. Está tudo certo. Quando, amanhã, sairemos deste hospital após a operação, pelo menos uma das três não existirá mais. Pelo menos não sou eu quem decide qual. Tchau, eu queria dizer a uma dessas meninas, mas não sou capaz. Não consigo. Não quero. Não quero nem agora enquanto escrevo. Não penso em tchau. Penso em: até amanhã. E depois rio: mas que amanhã? Vocês três, fora deste quarto, deste hospital, qualquer coisa que eu faça, vocês estão sempre comigo.

Serão três meninas, pensei antes, convicta.

E mesmo agora eu penso assim, enquanto saímos de lá. Andrea e eu apostamos em números, mas números não valem nada. Um, dois, três: a matemática se estilhaça em nossas

149

mentes enlouquecidas. Não assimilamos o que viemos fazer aqui. Não assimilamos o que faremos amanhã.

Saímos para tomar café da manhã tomados de alegria. Mas como é possível estarmos assim, completamente loucos? Escrevo a Giulia: «São meninas, estão ótimas!». Escrevo no grupo que tenho com Bianca e Ada: «São meninas, estão ótimas!».

«Meninas! meu deus, são meninas!», elas respondem. E mensagens com emoticons e corações e vivas e que fofas e que lindas.

Escrevo ao doutor S.: «Bom dia, doutor. Acabamos de sair do hospital. São meninas...». E logo em seguida: «As três estão bem». E logo em seguida: «Amanhã faremos a cirurgia». E logo em seguida: «Vou mandar uma foto do exame». Sempre fizemos assim. Quando faço exames em outro lugar, fotografo e lhe mando. Ele me liga na mesma hora, com aquela sua voz paternal. E diz força, vai dar tudo certo, e aí eu lhe digo: «Agora vou mandar as imagens». E ele: «Não precisa, nos vemos amanhã». Fico um pouco incomodada. Por que ele não quer ver as minhas três meninas?

Saindo da sala de ultrassonografia, as médicas nos lembraram de todos os riscos (é a primeira vez que Andrea ouve tudo ao vivo): os riscos, caso optássemos por manter as três (uma vez, quando eu era muito jovem, a minha melhor amiga, a minha prometida, a minha, morreu. Naquele dia alguém me disse: «Entrega para deus». As médicas não dizem isso, não elas. Mas se eu decidisse ficar com todas as três a única coisa a fazer seria entregar a mim mesma para deus. Acontece que eu não sou do tipo que se entrega para ninguém). Os riscos da operação: quarenta por cento de sucesso. Os riscos se a operação der certo e duas sobreviverem.

Riscos infinitos, o tempo todo, até o nascimento e mesmo depois.

Nós escutamos, mas estamos loucos e não assimilamos.

«Estão prontos?»

«Estamos prontos.»

«Até amanhã então. Agora tentem se distrair.»

Não é preciso que digam duas vezes. Até porque não nos damos conta do que realmente está acontecendo.

1º de fevereiro de 2021. 14h48. O mesmo dia que acabei de relatar, poucas horas depois.

Na conversa com Bianca e Ada, Bianca começa uma mensagem assim: «Quero indicar como candidato ao prêmio Strega *Questo giorno che incombe* de Antonella Lattanzi».

Eu sei que é difícil de acreditar, mas bem no dia em que descubro que minhas filhas são meninas, o Strega anuncia os candidatos ao prêmio. Na primeira rodada, estou eu.

Me chega uma enxurrada de mensagens felizes de amigos, colegas, editores. As primeiras candidaturas são anunciadas em todo lugar. Estou caminhando em Milão logo após a consulta, e não posso explicar que estou feliz por ter visto as meninas, eufórica, e feliz com esta notícia. Ligo para minha mãe e digo: «Você viu, mãe? Estamos no Strega!». Explico que o caminho é longo, que a candidatura é só um primeiro passo. Digo que estou com os pés no chão (*A história sem fim*: «Bastian, está na hora de você descer das nuvens e começar a manter os pés no chão». Mas eu não quero botar os pés no chão!). Caminho pela Via Dante, é gigantesca, estou em frente à Piazza Castello, quase todos os museus estão fechados por causa da covid mas nós damos uma volta nos jardins do castelo, caminhamos por esta metrópole, que estou amando, e me sinto no sétimo céu.

151

Para minha mãe, não digo nada sobre minhas meninas. Para a editora, não digo nada. Respondo e-mails, telefonemas, mensagens. Estamos superexcitados. Eu digo: é um sinal. Tudo é um sinal.

Quando você quer que seja um sinal, tudo é um sinal.

Naquele dia, aproveitamos muito. Passeamos por Milão sem parar em lugar algum. Não paramos um minuto para pensar no que terá que acontecer amanhã.

Como um risoto à milanesa e Andrea pede ossobuco, que ele adora. Somos os primeiros visitantes de um pequeno museu que acabou de abrir após as restrições da covid.

Voltamos para o hotel à noite.

Decidimos tomar um drinque. Eu peço uma taça de prosecco (duas na verdade).

Estamos completamente loucos.

«Que nomes escolhemos?», digo.

Penso que ele me dirá está cedo, que papo é esse, amanhã temos que... Mas em vez disso.

«Você escolhe um, eu escolho outro. Já que são dois. Ok?»

(dois, como se nada estivesse acontecendo; mas não entendemos de verdade o que estamos dizendo.)

«Ok.»

Eu: «Quero chamá-la de Annalena Angela», o segundo nome, Angela, como o da minha mãe.

Ele: «Eu quero Bianca Cristina». O segundo nome, Cristina, como o da mãe dele.

Eu digo: «Negócio fechado».

Ele diz: «Negócio fechado».

Brindamos às nossas duas meninas. A Annalena e a Bianca.

«Mas tem um problema», eu digo, séria.

Mais um problema? «Qual?», ele diz, pensando no que ainda estava por vir.

«Sabe como vão pronunciar Annalena em Bari? Tipo Annaléna», abro a vogal e exagero no sotaque.

«Annaléna», ele repete e ri, imitando mal a minha língua, «e qual o problema.»

Sem nem pensar que, no dia seguinte, pelo menos uma das três não existirá mais.

No dia seguinte, sentimos medo.

Eu pego os laudos com os ultrassons e digo a Andrea: «Olha as três. É a última vez que você vê uma delas».

Ele diz: «Para com isso».

Caminhamos passando ao lado das obras de reparo de uma rua, a caminho do hospital. Calados.

Como ontem, só eu posso entrar na sala de espera. Tenho que preencher um questionário em que me informam o que pode acontecer.

Andrea não para de me escrever. «O que você está fazendo? Esperando?» «Sim, esperando.» Tudo ao meu redor, mulheres grávidas, barrigudas. Sou uma de vocês, e estou muito orgulhosa de mim. Pela primeira vez, não sinto inveja.

Quero me distrair e fico olhando o Facebook. Inclusive posto uma bobagem, algo sobre esmaltes e unhas (como odeio esse post, como eu me odeio neste momento, como odeio esse post de enésima negação. Parece um insulto esse post. Parece um ato de arrogância). Esta noite sonhei de novo que minha gravidez acabava com meu trabalho. Acordei com um gosto amargo na boca. E você, digo a mim mesma, você sabe o que sonham as outras mulheres grávidas?

Chamam meu nome. Me dizem para tirar a roupa. «Estou entrando», escrevo a Andrea. Ele não pode assistir à operação, mas assim que acabar vão chamá-lo para vir até mim.

Você é uma mulher, e deve fazer tudo sempre sozinha. O corpo dentro do qual as meninas estão é o seu. Aprenda a viver com isso.

Colocam-me deitada em uma maca com a camisola do hospital. Não está prevista anestesia geral, apenas um tranquilizante. Quanto de Xanax eu posso tomar? Tomo Xanax por conta própria nos momentos difíceis e já não faz efeito. Quero todo o Xanax possível. Me dão. Alguns estagiários acompanharão a cirurgia. São jovens e falam e riem e uma delas tem cabelos cacheados loiríssimos e uma delas está grávida e eu sinto ódio.

Espero um século naquela maca. O Xanax não faz efeito nenhum. Quem vai me operar é um médico que nunca vi, mas a médica que conheci aqui um mês atrás fica comigo o tempo todo. Tenta me fazer rir. Tenta me distrair.

Levam-me para dentro de uma sala. Não é um centro cirúrgico. É uma cirurgia de vida ou morte, mas é uma cirurgia ambulatorial. Depois, terei que ficar cerca de duas horas em observação. Para entender como as meninas — os fetos — reagem à redução. Depois, poderei ir para o hotel. Esperar a noite passar. Na manhã seguinte, ver como estão. Se estiverem bem, poderei voltar para Roma. A morte dos que permanecem ocorre normalmente dentro de 72 horas, me disseram. Depois tem início o restante — dificílimo, mas menos difícil — desta gestação.

Mas são palavras.

Faz sol em Milão. Antes de entrar vemos muitas mulheres grávidas e muitos casais com seus carrinhos com bebês

156

recém-nascidos entrando e saindo do hospital. Muitos são gêmeos. Eu os olho hipnotizada. Olho e penso: quando serei eu. Não vejo a hora.

Não digo nada a Andrea. Mas é ele quem sorri, olha os carrinhos e diz: «Quantos tipos diferentes de carrinho para gêmeos. Teremos que entender qual é o melhor para comprar».

O sol está tão forte. Acredita, você que me lê, que eu lembro disso como um momento esplendoroso? Uma inacreditável espécie de «nós».

Agora estão me levando para a sala em que farei a cirurgia.

O teste de covid é igual ao teste de gravidez.

De 18 a 23 de janeiro vou para a Espanha a trabalho.

Estamos em plena variante ômicron.

Para entrar na Espanha não aceitam o teste rápido. Para voltar para a Itália, sim. Se na volta você testar positivo, tem que ficar em quarentena na Espanha.

Eu tenho motivos para temer que este teste dê positivo. Estou com uma minha amiga querida, que veio me encontrar para passarmos um tempo juntas. Tivemos dias maravilhosos. A enfermeira que aplicará o teste chega em nosso hotel na noite anterior ao nosso retorno a Roma. Pega os testes, coloca-os sobre a mesinha. Assim como em um teste de gravidez, deve aparecer uma linha vermelha para indicar que o teste está funcionando. Se aparece a segunda linha, é positivo.

Esperamos mortas de ansiedade. Primeira linha, tudo funcionando. Eu, que fiz um milhão de testes de gravidez, sei que quando dá positivo a segunda linha aparece rápido. Passam alguns segundos, e a segunda linha não aparece. Já sei que é negativo.

Digo a minha amiga: «Se não apareceu até agora não vai mais aparecer. É igual aos testes de gravidez».

A frase me escapa, logo eu que não quero nunca falar desta história. O que você não verbaliza, não existe. Não sei que efeito esta frase tem sobre ela. Mas ela não reage, não capta. Sei que faz isso por mim.

Ficamos olhando os testes.

Minha mente está pensando sabe-se lá em quê. O meu corpo, sabe-se lá o que está dizendo. Há muitos e muitos meses, anos na verdade, faço testes o tempo todo. Rezo para que alguns deem positivo — os de gravidez — e outros — os de covid — espero que deem negativo. Cheguei a pensar que se você espera que dê positivo é certeza que dará negativo, e vice-versa. Então durante segundos não espero nada. Assim a sorte não me escuta. O teste deu negativo. A segunda linha não apareceu.

Não estou grávida.

Ah, não, não estou com covid.

Então comemoro, abraço, estou feliz por não estar com covid e não ficar em quarentena, sozinha, em um hotel na Espanha enquanto a mente — que é muito mais elementar — me diz mas que tal se decidir? O que devo esperar? Positivo ou negativo?

É 27 de janeiro de 2022. Ainda. Não quero explicar agora por que, mas os últimos meses foram novamente muito duros do ponto de vista desta história. Não quero explicar por que, e não explicarei — isto não é um diário —, mas o coronavírus novamente se entrelaçou a esta história, eu tive que fugir dele e passar o Natal e todas as festas trancada em casa, enquanto resvalava de novo em uma espiral de clínicas de fecundação, terapias, injeções e frustrações. («Você não pode fazer nenhuma viagem, vai arriscar pegar covid, você tem que se concentrar nisso», Giulia me disse muito severa no Natal. E eu: «Mas e se eu me concentrar só nisso e ainda assim der tudo errado?». E de fato.) Dia 31 de dezembro, após a enésima tentativa ter dado errado, o ginecologista me manda tomar uma injeção de um remédio chamado Gonasi. Serve para detonar a produção de folículos. Façam sexo dias 1º, 2 e 3 de janeiro, ele prescreve. Nós, neste período, brigamos. Imagine um dia em que você briga o tempo inteiro com o teu homem, e o odeia, e ele briga o tempo inteiro com você, e te odeia, e aí chega a hora em que você precisa transar, fazer sexo: chame do jeito que quiser. *Precisa*. Imagina que maravilha.

Apesar de tudo, fazemos. O que poderíamos fazer. Agora é assim.

Ou melhor. Fazemos em dois dos três dias. No terceiro

não aguentamos mais. Eu vou para o quarto. Ele dorme no sofá. Como sempre. Assim, ou o contrário.

Em 9 de janeiro faço um teste da Clearblue. Este não tem aquelas linhazinhas, o resultado vem escrito bem grande: GRÁVIDA/ NÃO GRÁVIDA.

Eu, que já aprendi, não tenho nenhuma esperança enquanto aguardo. Faço outras coisas, respondo a mensagens, arrumo a casa (eu que não arrumo nunca a casa). E aí aparece: GRÁVIDA.

Ainda acredito naquele milagre que amigos, conhecidos, fóruns na internet me contaram: «Quando menos você esperar, acontecerá naturalmente». Isto não é nem um pouco natural. Tem uma estimulação do ovário e uma injeção de Gonasi que contém gonadotropina coriônica, ou seja, o hormônio da gravidez, que serve para a ovulação acontecer na hora certa. Que o Gonasi tem dentro o hormônio da gravidez, eu não sei. Escrevo para Giulia: «Eu sei que está cedo demais, mas»: e mando uma foto do teste com o resultado GRÁVIDA.

Ela me liga. «Você está louca?», me diz. «Quase tive um infarto.» Eu digo vai logo, não quero contar para o Andrea, ele está chegando em casa, antes quero entender se é um falso positivo. Ela me diz: «Nunca ouvi falar de falsos positivos. E sim de falsos negativos». Começamos a procurar em todos os sites do mundo quando pode ocorrer um falso positivo. Andrea pode chegar em minutos. Eu penso: o milagre aconteceu. Sento-me no sofá. O sol entra pela janela da sala. Eu penso pronto, aconteceu. Chega de tortura. Chega. Aconteceu *naturalmente*. Sinto-me onipotente de novo.

Então minha amiga manda um screenshot: geralmente não há falsos positivos. Entre os poucos casos, há aqueles que podem acontecer se você estiver fazendo terapia hormonal com gonadotrofina coriônica. É a que estou fazendo. Mas não necessariamente é um falso positivo. Sempre fiz estimulação ovariana e tomei injeção para detonar a produção de folículos e segui as prescrições médicas sobre quando fazer sexo. Finjo acreditar, está cedo demais, a ovulação deveria ter acontecido uma semana atrás e é cedo demais para que o teste revele a gravidez. Mas não impossível. Ela me diz: «espera uns dez dias e faz de novo, vai». «Mas não será», digo. «É, infelizmente, talvez não», diz. Finjo acreditar: tudo bem, não deu certo.

Não digo nada a Andrea. «O que você tem?», pergunta, quando chega em casa.

E o que posso lhe dizer. «Nada.»

«Você está com uma cara estranha.»

«Não, não é nada.»

Finjo acreditar, finjo para a minha amiga e para uma médica do novo centro que procurei e para a qual pedi esclarecimentos e que me disse para fazer o teste de novo após quinze dias. Sim, sim, claro. Como quiser.

Do dia seguinte em diante, faço um teste por dia. Gasto centenas de euros. A gonadotropina coriônica do Gonasi fica na corrente sanguínea por no mínimo dez, no máximo mais ou menos quinze dias. Tomei a injeção dia 31. Tenho diante de mim um mar de dias (que controlo e controlo de novo compulsivamente no calendário para ver exatamente quantos são e esperando que olhando muitas vezes para eles os dias passem mais rápido) para entender se esse positivo é real ou é resultado da injeção que tomei. Digo a mim mesma que preciso trabalhar, e trabalho, trabalho o tempo todo, e finjo ser eu mesma, mas.

Enlouqueço.

162

Volto a ler um fórum qualquer, desta vez sobre Gonasi e falsos positivos.

Sempre fui obsessivo-compulsiva.

Prometo a minha amiga que não farei mais nenhum teste por dez dias pelo menos.

Porém. Decido caminhar e vou a farmácias distantes de casa para ninguém me reconhecer. Percorro quilômetros. Compro um teste aqui, outro acolá, pois sinto vergonha de pedir três, quatro, em apenas uma farmácia. Atravesso quilômetros, e a ansiedade. Faço um teste por dia. De manhã, assim que acordo. Consigo resistir à tentação de fazer dois, três por dia: mereço parabéns. Camuflo os testes usados para que Andrea não os encontre. Enrolo com papel higiênico e enfio no fundo da lixeira. Ou os coloco na bolsa e jogo fora quando saio de casa. Jogo fora todos esses testes com o escrito: Grávida. Grávida. Grávida. Grávida. Grávida. Grávida. Grávida. Grávida. Grávida. Nove vezes, nove dias, o teste joga na minha cara a palavra GRÁVIDA, sem sombra de dúvida. Vocês conseguem imaginar esses nove dias? Enquanto isso, a data de validade do Gonasi, o momento em que terá saído do meu corpo, vai se aproximando cada vez mais. Os dias duram séculos, mas eu continuo GRÁVIDA. Uma noite em que estou em um evento de trabalho, em que devo parecer interessante e brilhante e inteligente, sinto a calcinha molhada.

Vou ao banheiro, está vermelha.

A menstruação.

E eu não estou grávida.

Nem com o tal milagre de quando menos se espera.

Ali, nesses nove dias obsessivo-compulsivos, nesses dias em que permiti que a obsessão compulsiva me invadisse, em que deixei a estrada toda livre para isso, cheguei ao limite mais baixo da minha humilhação.

Não conto a ninguém essa história dos mil testes de gravidez. A quem eu poderia contar que não me dissesse: você é louca. Não conto para ninguém. Acho que perdi a cabeça nesses nove dias.

E, no entanto, quando parto para a Espanha no dia seguinte e logo depois encontro minha querida amiga em Madri, consigo passar dias tranquilos com ela. Não penso em nada. Estou em Madri. Estamos juntas. Se eu estivesse em Roma, teria torturado Andrea (sem lhe dizer o porquê da tortura) e a mim mesma. E o teria odiado por ele se sentir torturado. E, contudo, eu, que não lhe disse nada, que não o fiz esperar como eu esperei esses nove dias, que não o fiz ver nove dias seguidos a palavra GRÁVIDA, eu o preservei.

Ele nunca saberá desses testes, não saberá mais dessa minha loucura, desse meu desespero.

Mas as pessoas nunca sabem o que você faz por elas. E você nunca sabe o que elas fazem por você.

Nesses dias com minha amiga em Madri, não penso em mais nada, só no fato de estarmos aqui, juntas.

Irrompo de volta em Roma, irrompo de novo no horror.

Meus pais, quando eu estava grávida e com o que aconteceu depois, ficaram muitos meses sem me ver. Inventei mil desculpas para não ir vê-los em Bari.

Devem ter pensado que sou uma péssima filha (e na

verdade eu sou, por outros motivos). Não sabem que fiz isso por mim, porque não conseguia fingir, mas também por eles.

Mantendo tantas coisas em segredo sobre mim mesma, acontece muito: as pessoas não ficam sabendo o que faço por elas.

O que outras pessoas fazem por mim, também não sei.

É por isso que durante vinte dias eu não consegui mais escrever este livro. Porque tive que enfrentar um momento difícil demais de escrever — e era real, no passado, mas era real — enquanto a realidade de hoje, e hoje, e hoje determina que eu nunca mais conseguirei sair deste círculo. Quando eu era pequena brincava de bambolê, como todo mundo. Gira gira gira este aro ao teu redor, e mexe o quadril, e nem você sai desse círculo.

Não quero ser definida por estas coisas: a gravidez, no passado, a angústia pela gravidez, no presente. Por este bambolê que girando e girando começa com o nome gravidez e termina com o nome gravidez.

Esta não sou eu.

Estou pronta. Para voltar àquele 2 de fevereiro de 2021.

Estou deitada na maca, no quarto usado como sala de cirurgia. Já me explicaram, mas agora me explicam de novo.

As estagiárias estão ao redor, em silêncio. O médico que fará a cirurgia entra, gentil, mas não o conheço. Parece bobo, mas queria apenas mulheres ao meu redor nesse momento, e só mulheres que conheço. A médica que acompanhou todo o processo de Milão está comigo aqui. Sorri para mim. Segura minha mão, seja forte. Senta-se ao lado do médico que vai me operar, de frente para o aparelho de ultrassonografia. Eu vejo tudo.

Explicam-me passo a passo o que está acontecendo. Terei que ficar acordada. Como eu queria dormir. «Relaxe.» Passam gel em minha barriga para a ultrassonografia. Olhamos. Uma voz em minha cabeça diz não olhe. Eu olho. Olho tudo. Na ultrassonografia aparecem elas três, alegres. Estão se mexendo e crescendo. Os coraçõezinhos aparecem em azul e vermelho e batem muito forte. O médico espalha uma substância vermelha em minha barriga. Decidiram qual das três vão reduzir. Agora vai me dar uma injeção. A injeção vai parar o coração da (escrevo, apago, reescrevo) daquela que entre as três eles decidiram *reduzir*, e em seguida vão bloquear o cordão umbilical para que não contagie as outras. Apontam a agulha no ponto em que — no ponto em que eu deveria protegê-la — ela está.

167

No entanto, estou lhe dizendo: morra. A agulha afunda em minha barriga. Eu sinto dor, mas não me interessa um caralho a dor agora. É só um estampido distante. O médico empurra, empurra, e afunda a agulha em minha barriga.

Eu sou apaixonada por crônica policial. Vocês sabem quantas vezes acontece de uma pessoa que está matando a outra se espantar, pois todo mundo pensa que é só botar as mãos e apertar o pescoço de uma pessoa que ela morre? Que é só enfiar uma faca na pessoa que ela morre? Eu sei que não é assim. Quantas vezes eu não ouvi o assassino dizer, em confissões ou em incidentes probatórios: «Eu apertava. Empurrava. Não morria. Não morria nunca». Mas eu nunca tinha visto, até agora.

E, enquanto o médico empurra e empurra a agulha dentro da minha barriga cada vez mais forte, e todos olham o monitor, e eu também, vejo-os: três corações que resistem. Não morre. Não consegue morrer, penso. Para de olhar, por favor. Não paro. Essas linhas tão bonitas do gráfico, esse batimento maravilhoso, essas belas linhas do coração que estão batendo, todos os três. E então, de repente. Uma linha fica reta. O barulho fica uniforme e é a morte. Um coração a menos.

E eu desato a chorar. Mas sem fazer barulho, apenas lágrimas. O que aconteceu também é culpa minha. Ninguém me obrigou. Fui eu que escolhi. Poderia ter confiado no senhor.

Dizem algumas palavras de consolo, passam o aparelho novamente em minha barriga. «Precisamos verificar como estão as outras duas.»

Precisam ver se de repente todo aquele sangue, toda aquela nutrição que eu, eu é que dava a elas, e que era tão bem dividida entre as três, depois que ficaram só duas, as matou. Uma pancada forte demais de sangue e de nutrientes e de maternidade. Mas elas conseguiram. Estão alegres. Estão se mexendo. Se sobreviverem, o corpinho da minha filha que eu decidi deixar morrer ficará dentro de mim até o parto. Mas que direito eu tenho de reclamar? Se sobreviverem, elas duas é que terão que conviver com a irmã morta. Terão que viver com ela. Deixamos de ser cinco. Agora somos quatro.

Eu choro, não paro de chorar quando dizem que até agora tudo correu bem, aquela imagem impressa na mente de minha filha deixando de viver é um filme de terror, não é um caso de *Un giorno in pretura,*[6] é um filme de terror, não pode ser real, aquela imagem do coração que para de bater é impossível, não sou capaz de aceitar.

Eu choro, não paro de chorar quando Andrea entra todo aparatado de um jeito que me faria rir — sapatilha descartável, avental e touca verdes — e lhe dizem que até agora correu tudo bem, que eu preciso ficar em observação sem me mexer um centímetro, ali, por cerca de duas horas, não paro de chorar quando Andrea senta do meu lado, fala comigo, segura minha mão e eu pego no sono, não paro quando acordo e depois quando durmo de novo. Após duas horas vêm me ver. As duas resistiram. As duas ainda existem.

O que é ver no ultrassom um feto parado, imóvel, como as crianças de *It: uma obra prima do medo*, que flutuam, sem batimento, sem azul e vermelho. É impossível descrever. Uma mancha escura em preto e branco com uma cabeça um corpo dois braços duas mãos duas pernas, que não se mexe mais.

As outras duas estão bem. As outras duas se mexem e eu espero que estejam brincando uma com a outra. Tenho a impressão de que sim. Estou convencida de que sim.

---

6   *Um dia nos tribunais*, programa televisivo que apresenta os casos judiciais mais importantes da Itália. [N.T.]

«Você viu, elas estão bem», diz Andrea. «Venham amanhã às 9h para fazer o ultrassom, se estiver tudo bem vocês podem voltar para Roma.» «Vamos de trem, é perigoso?», digo. «Não, não, é muito melhor de trem do que de carro.» Esta frase me conforta. Não sei por que, me faz pensar em normalidade. Nós dois e nossas duas filhas indo para Roma.

Saímos do hospital caminhando bem devagar. Andrea me faz apoio. Não preciso de apoio. Ou melhor, *fisicamente* não preciso de apoio. Aparece uma mancha roxa no local onde tomei a injeção, na barriga.

Vai demorar um mês para essa mancha sumir. Toda vez que eu olhar para ela, será como se alguém me segurasse pela cabeça e ficasse batendo nela. Dizendo: vamos lá, enlouqueça. E você não quer enlouquecer.

O hotel fica a poucos metros, mas Andrea, que por índole é sempre tranquilo — até demais —, sempre pacato — até demais —, sempre gentil com desconhecidos — até demais —, faz sinal para um táxi: «Ela vai para o hotel», e dá o nome e o endereço, «por favor». «Mas é perto demais», diz o taxista. Ele muda o tom e diz, sério: «Ela fez uma cirurgia, não pode caminhar. Faça o favor de levá-la».

Eu observo Milão, aliás, não observo Milão, observo as pessoas, as ruas, e o sol, e talvez eu ainda esteja zonza por causa dos remédios, pois vejo tudo como se fosse um sonho. Tenho a impressão de que estão no paraíso. E eu em um táxi que está me levando para o limbo.

No hotel, deito na cama.
17h30.
Ada: «Agora vê se descansa e se puder faz uma refeição bem gostosa».

170

Eu: «Não posso, às 18h30 vou receber uma ligação importante referente ao livro».

Bianca: «Precisa mesmo? Você não pode adiar?».

Eu: «Não».

(Claro que poderia, de alguma forma eu poderia, mas não consigo.)

20h59.

Bianca: «Como você está? Comeu alguma coisa?».

Eu: «Uma sopa de merda na merda do restaurante desta merda de hotel» e três carinhas chorando de rir. «Que ótimo dia.»

Bianca: «Jesus. Temos que matar essa gente».

Eu: «Estou prontíssima».

Bianca: «Malditos. São todos uns malditos».

Mesmo dia, mesmo momento, com Giulia.

Ela: «Fica parado imóvel na cama» — nós duas carinhosamente usamos sempre o masculino uma com a outra.

Eu: «Bem, eu vi aquele coraçãozinho que antes estava batendo e depois parou de bater».

Pausa. «Você foi incrível forte corajosa» — agora usando o feminino, é demais.

«Depois pensei que uma mãe deveria proteger. E eu, digamos» — usamos sempre essa palavra, «digamos», querendo dizer várias coisas, entre as quais, neste momento: eu sou uma escrota.

«As três não teriam conseguido e assim você tem uma possibilidade.»

«Não terminava nunca.» Pausa. «Parecia uma coisa de *un giorno in pretura*, quando dizem esse não morre, ou seja, era um homicídio mesmo, puta que pariu.»

3 de fevereiro, 8h40.

Ada: «Como você está? Conseguiu dormir?».

Eu: «Sim. Sonhos ansiosos como sempre, mas há muito tempo já não consigo lembrar de nada», carinha chorando de rir. «Estou indo agora ver como estou» (as carinhas que sempre uso para deixar tudo mais leve).

Ada: «Tá bem. Aguardamos novidades».

Eu: coração amarelo.

Bianca: «Depois volta pra gente».

Eu: «Volto» e — só agora me dou conta — mando um balãozinho vermelho flutuando e dois corações cor-de-rosa, um depois do outro. Juro que foi sem querer.

Estou no hospital, naquele pequeno leito, para controlar como estão as duas. Andrea está sentado ao meu lado.

A médica que nos acompanha tenta nos distrair, faz o ultrassom.

Eu as vejo claramente. Minhas três meninas imóveis no ultrassom. Mas não posso acreditar. Não é verdade.

Ela muda a expressão, olha, olha novamente. Então: «Sinto muito», diz, «elas não aguentaram».

Sangue demais — meu —, nutrientes demais — meus — tudo junto. Talvez os corações delas tenham explodido. Morreram.

Eu não acredito, penso: agora ela vai ver que estão se mexendo.

Vemos as linhas retas dos três corações. Tem um ruído parecido com o do rádio quando pega mal. Um ruído branco. Sem nada. Há três linhas retas. Não há mais nenhum balé.

E Andrea. Andrea dá um pulo da cadeira, levanta-se de repente, tira o casaco, está sufocando.

«O que está acontecendo», a médica pergunta.

O que você quer que aconteça, caralho, eu queria dizer. As filhas dele morreram.

Eu choro, e choro, e pergunto à médica: «O que eu faço agora, o que eu faço».

Andrea está completamente pálido. Volta para perto de mim. Segura minha mão.

Ela diz: «Sinto muito mesmo. Agora vocês precisam fazer a curetagem. Mas pode ser em Roma».

Curetagem. Aborto. Como os dois filhos que eu não quis. Mas são elas três.

Esta imagem. Andrea pulando da cadeira e arrancando o casaco, sem dizer nada. Faz quase sete anos que estamos juntos. Nunca o vi tão desesperado. Nem nas dores mais insuportáveis.

Essa imagem. Me dá a medida da tragédia. Me diz que é verdade. Grita que é verdade. Mas eu não acredito que seja verdade.

3 de fevereiro, 11h03.

Eu: «As três morreram».

Ada, Bianca, Giulia, em conversas distintas, respondem com uma só palavra: «Não».

E eu — até agora nunca disse a ninguém, nem a mim mesma, muito menos a Andrea —, eu, quando no dia 3 de fevereiro às 9h passei pela porta giratória do hospital para fazer o ultrassom e ver como tinham passado a noite minhas duas filhas que sobraram após a operação, pensei: espero que só uma tenha se salvado. Assim estará a salvo de verdade. Para sempre.

Um pensamento horrível. Imperdoável.

Disseram-nos que eram três meninas um dia antes de morrerem. Como você é exagerada, vida. Que mal retumbante, enfático, você quer fazer. Não gosto da escrita enfática. E não gosto de você. Por que você não fez tudo o que tinha que ser feito com frases breves, sem adjetivos, sem lamúrias, sem sentimentalismos? Por que, vida, você não foi uma boa escritora?

Toda vez que termino um capítulo que escrevo no Word, preciso selecionar a função «Interrupção» e depois clicar «de página». Toda vez me vem à cabeça «de gravidez».

Toda aquela dor.

Impossível, mas ainda assim era melhor do que este vazio total que sou eu agora.

Hoje as lembranças do Facebook do ano passado estão me sugerindo aquela foto. Minha foto atrás da porta da igreja com o cartaz: SEGUREM-NA PARA QUE NÃO BATA. A última foto que tenho com elas em Roma.

Mas hoje é dia 2 de fevereiro de 2022.

O último dia em que posso dizer: ano passado eu estava com elas.

Ninguém se lembra que foi hoje, que foi nesses dias. Ou ninguém diz. A vida dos outros seguiu. Eu estou dentro de um bambolê. Ontem vimos uma série boba na TV, eu e Andrea. Um preso inocente. Vai ao seu encontro a filha de dezessete anos. Está grávida. Vê-se a barriga grande.

Eu digo: «Vá se foder».

Andrea: «Quem?».

«Esta idiota.»

«Ah, chega, vai», ele. «Você não pode dizer isso toda vez. Você não pode ficar puta da vida toda vez. Filmes têm sempre essas coisas. Gravidez, mortes, paixões. Esse tipo de coisa».

Eu fico calada, odiando a menina e esperando que perca o filho.

Não perde.

Data:	2 de fevereiro de 2021	
Dados da Paciente:	Sobrenome	Lattanzi
	Nome	Antonella
	Data de nascimento	20 novembro 1979
	Idade	41
Gravidez atual:	Última menstruação	9 novembro 2020
	Época gestacional (UM)	12 semanas + 1 dia
	Epp (UM)	16 agosto 2021
	Época gestacional (US)	12 semanas + 5 dias
	Epp (US)	12 agosto 2021

(estas são as datas em que teriam nascido, 16 de agosto segundo Um, 12 de agosto segundo Us)[7]

Gravidez múltipla:		Monocoriônica triamniótica	
Ecografia:	Feto 1	Atividade cardíaca	visualizada
	Feto 2	Atividade cardíaca	visualizada
	Feto 3	Atividade cardíaca	visualizada
Procedimentos invasivos:		Indicação	Gravidez múltipla
Redução embrionária/ Feticídio:		Procedimento	Redução embrionária
		Instrumento	Laser intersticial
Fetos vivos:		antes do procedimento	3
		após o procedimento	2

7   [N.T.] Um: última menstruação; Us: ultrassonagrafia.

Data:		3 de fevereiro de 2021	
Dados da Paciente:		Sobrenome	Lattanzi
		Nome	Antonella
		Data de nascimento	20 novembro 1979
		Idade	41
Gravidez atual:		Última menstruação	9 novembro 2020
		Época gestacional (UM)	12 semanas + 2 dias
		Epp (UM)	16 agosto 2021
		Época gestacional (US)	12 semanas + 6 dias
		Epp (US)	12 agosto 2021
Ecografia díaca fetal		Diagnóstico	Atividade car-
1. trimestre:	Feto 1	Morte fetal	não visualizada
	Feto 2	Morte fetal	não visualizada
	Feto 3	Morte fetal	não visualizada

No controle de hoje: Ausência de atividade cardíaca em todos os gêmeos.

Acordado envio ao centro de referência para realização de revisão uterina. (Vocês sabiam que nem isso se pode dizer: curetagem? Que a curetagem, em todos os lugares, entre os médicos, nos registros médicos, é chamada de revisão uterina? Eu sempre pensava, toda vez, na revisão de um carro. Me sinto transformada em um carro, você faz a revisão e volta a rodar. Como eu queria ser um carro. Até um velho Yaris preto, como o que eu e Andrea temos.)

Depois, voltamos para Roma de trem. Somos dois, eu e Andrea, mas estou sozinha. Nenhum coração bate dentro de mim.

Não disse nada na editora. Sei que consigo. Preciso conseguir continuar trabalhando no livro.

É a única coisa que me restou, o livro. Eu digo isso, penso nisso, e sei que é assim.

Tenho um lançamento que será gravado ao vivo no dia seguinte e minha barriga dói muito, mas eu compareço. É essa apresentação que minha mãe verá e dirá: mas o que acontece que você está sempre de saia?

Vou para a casa de Ada na noite seguinte ao meu retorno a Roma. Andrea não está, voltou para o *set*, e ela não quer que eu fique sozinha. Me convida para ir à sua casa. Outras pessoas também estão lá. «Sente vontade de vir?» me pergunta. Vou fazer o que, não sinto nada.

Dia 3, de volta ao hotel, liguei para o doutor S. chorando desesperada. «Antonella querida, você não tem ideia do quanto eu sinto», me disse com a voz embargada.

O que me mantém viva? O livro. Todos os que sabem me dizem: agora descansa, depois você tenta de novo, você tenta ter um filho de novo. Mas elas três morreram. Nunca mais estarão aqui. O livro me mantém viva, torna-se tudo: minhas três filhas e meu trabalho e a minha esperança e a minha ambição. Livros não são filhos, eu disse. Mas tudo o que me convence a não escancarar a janela do quinto andar está lá: naquelas quase quatrocentas páginas.

E não posso descansar agora. Nem mentalmente. Preciso fazer a curetagem.

Tive um sonho.

Um sonho bobo, fácil de entender, sempre tenho sonhos fáceis de entender. Sonhei com o mar de Sabaudia, estava todo vermelho. O sol estava se pondo. A água não era clara, transparente. Era um mar infinito de sangue, até o horizonte.

Sonhei com isso porque agora começa o tempo do sangue, que culminará em uma noite de junho na montanha do Circeo. Eu falei, meus sonhos são elementares.

Mas o que devo contar agora?

Que dei toda a responsabilidade de me manter viva ao livro?

Que, quando eu tive que ir ao hospital, em Roma, para fazer o ultrassom para a curetagem, havia mulheres grávidas por toda parte. Por detrás das portas fechadas, dava para ouvir bem alto os corações dos bebês bombeando.

Que antes de ir fiquei com vergonha, mas disse a Andrea: «Talvez agora fazendo o ultrassom elas estejam vivas». E ele disse: «Pensei nisso também» (loucos).

Que precisei fazer a curetagem de três fetos mortos após a décima segunda semana, e em um primeiro momento me disseram que eu deveria ter feito o parto deles, mortos, deveria ter feito o trabalho de parto, porque eram muitos e a gravidez estava muito avançada.

Que nesse momento perdi a razão.

Que a curetagem deu errado, perdi dois litros de sangue, estava perdendo o útero, passei por todo tipo de coisa, o catéter, a transfusão, o tufo de gaze no útero para tentar estancar a hemorragia, a hemoglobina caindo, o risco de septicemia, a crueldade das enfermeiras do hospital que não me davam água após a cirurgia, e eu implorava, e no fim me deram água da torneira, mas como recipiente usaram uma mamadeira porque eu estava internada na Patologia Obstétrica.

Era noite. Não comia desde meia-noite do dia anterior. Pedi algo para comer, sentia dor no estômago. Disseram-me: «Vamos ver se conseguimos achar umas torradas». «Por favor», implorei. «Está bem», elas disseram. Não voltaram mais.

E para o sangramento me deram fraldas infantis.

O que eu deveria contar?

Que antes da curetagem me perguntaram se eu queria batizar minhas meninas? Se eu queria um lugar no cemitério de crianças. Poderia ter aberto a boca e enfiado os dentes na jugular da obstetra. Desejei a elas mais do que a morte.

Que antes de entrar na sala de cirurgia disseram para Andrea: «Agora o papai tem que sair, não pode ficar». *Papai*? Um parafuso grosso e enferrujado que perfura o cérebro. *Papai, mamãe*. Nesses lugares não param de te chamar de pai e mãe mesmo que você já tenha perdido seus filhos, mesmo quando você já não é mais pai ou mãe. Os enfermeiros, as obstetras te chamam assim o tempo todo. Toda vez que se dirigem a você dessa forma, você inveja (odeia) quem quer que responda a esses nomes por direito. E se pergunta:

como é possível que vocês não se deem conta do que estão fazendo?

Que ainda tinha a maldita covid, e fiquei uma semana no hospital, e ninguém pôde ir me ver, nem o Andrea. Eu estava só, sentindo muitas dores, sem forças, com uma dor de cabeça terrível e febre alta. Ao meu lado, na cama ao lado da minha, uma garota de vinte anos, da Macedônia, no seu terceiro filho, que estava no sexto mês de gestação. E vinham ouvir o batimento cardíaco dentro do meu quarto.

Que de noite, toda noite, ela tinha uma dor de cabeça que paralisava uma parte de seu corpo e fazia jatos de sangue saírem de seu nariz, e, mesmo que eu a odiasse porque ela estava grávida, chamava as enfermeiras. Nunca vinha ninguém. No fim, mesmo sem poder, mesmo com a hemoglobina a seis, mesmo não conseguindo me levantar, eu me levantava. Não era por gentileza, empatia ou pena. Eu fazia isso porque tinha que fazer. Queria gritar para as enfermeiras suas vacas filhas da puta, venham aqui, escrotas do caralho. No entanto, eu ia toda gentil até as enfermeiras que tinham nossas vidas nas mãos, os analgésicos, o único contato com o mundo e com os médicos, um domínio sobre nós como se fôssemos prisioneiras, e toda gentil e humilde eu pedia: a garota do meu lado não está bem, vocês podem ir vê-la, por favor? Não iam.

Que um dia após a curetagem a médica de plantão olhou para mim e disse: «Você mereceu que a curetagem tenha dado errado». Porque eu não quis fazer o parto induzido dos fetos mortos, e porque se tratava de um hospital católico e eu não era uma delas — a RA, a redução — e não merecia nada.

Que Andrea ligou para meus amigos, meus queridos amigos que não sabiam de nada, e contou para eles. Para

186

Luca, Emilio e Carlo, para Marco. E eles não podiam acreditar que eu tivesse escondido tudo isso, e me mandavam mensagens e queriam estar lá, no hospital, perto de mim.

Que não fui eu que liguei para eles, meus amigos que não sabiam, e fiz o Andrea ligar. Porque eu não conseguia mais falar com ninguém. Não respondi a nenhuma ligação. Só falava por mensagem.

Que Giulia, Ada, Bianca falavam com Andrea todos os dias, e queriam ir me encontrar mesmo sabendo que eu não poderia vê-las, que não poderiam entrar. Maldita covid. Maldito mundo. Malditos todos.

Que, quando entendemos que eu permaneceria no hospital por um tempo, Andrea ligou para a editora e precisou explicar tudo. Pois eu estava no hospital e naquele momento, naquela semana, pela primeira vez, tinha que dizer a verdade. Eu precisava parar. As mensagens deles, perplexas. Quando voltei para casa, liguei para a editora. Eles iam sentindo o chão, como responder, que palavras dizer diante de uma dor como essa? Pare um pouco, disseram. Não pense no livro, ele faz seu próprio caminho, não precisa de você. Tire uma semana, um mês, um ano. Todo o tempo que quiser. Você precisa pensar em si. E eu disse: «Não posso parar, se devo pensar em mim. Se eu não trabalhar pelo livro, eu morro». E eles — compreendendo ou não — deixaram que eu escolhesse. Desde a tarde em que cheguei em casa do hospital, com a hemoglobina a 7, retomei os eventos on-line, as entrevistas, nas quais toda vez o entrevistador me perguntava: e você, tem filhos?

Comecei a escrever um e-book sobre Stephen King. O editor desse ensaio não sabia de nada do que tinha acontecido (não era a mesma editora do meu romance) e ainda não sabe. O nome do e-book é *Salvar-se*, e não é um título casual.

Meses depois, quando voltei pela milésima vez ao consultório do doutor S. implorando para retomar o caminho de uma nova RA, sem nenhuma preocupação com meu corpo, com minha cabeça, ele me disse, amoroso: «Cuide de si com um pouco mais de carinho».

Mas que carinho?

E a caminho de casa eu chorava e pensava: preciso tentar de novo. E o Tibre estava escuro.

O que eu deveria contar?
Que, quando estava no hospital, desesperada, entrou um padre no quarto? Eu chorava, chorava, e ele achou que eu estivesse chorando porque queria sua bênção. Eu só pensava que o queria fora daquele quarto, que fosse devorado por leões, mas eu era nada, eu não era nada, me deixei violentar por ele porque eu não era nada, eu só chorava, e ele me disse: «Eram meninos?». Fiz que sim com a cabeça, chorando, e ele disse: «Batize estes três meninos mortos, dê a eles nomes de arcanjos, e depois faça uma doação para — disse o nome de um lugar, uma igreja, não me lembro — e te prometo que em um ano você engravidará novamente». E me deu um colar: a cruz com o tau. E eu chorava e pensava eram meninas, pelo menos isso ele não me roubou.

Joguei fora a cruz com o tau assim que saí do hospital. Tive medo de jogá-la enquanto estava lá. Tive medo de que me trouxesse algum mal, estava com medo de morrer.

Deveria contar que, no dia em que fui fazer a cureta-gem, peguei um táxi porque os buracos de Roma me causa-vam dor demais na scooter, e Andrea foi sozinho na scooter porque tinha pouco tempo, precisava ir para o set? O pneu do táxi furou. Eu não podia acreditar. O taxista me deixou no meio de uma avenida, uma espécie de marginal, e disse: «Chame outro táxi».

Quantas vezes naquele hospital nos prometeram que me dariam um quarto particular, sem todas essas mulheres grávidas, sem todos esses corações batendo, mas não, fiquei todo o tempo com a macedônia supergrávida, e puseram caté-ter e paracetamol no soro — bem pouco, deus é quem manda a dor — e outros soros com antibiótico e líquidos e tubinhos por toda parte, e sangue e tampão no útero e me diziam você poderia ter perdido (também) o útero você poderia ter per-dido o útero você poderia ter perdido o útero você quase o perdeu e quase você também se perdeu.

A bolsa da transfusão, cheia de sangue, era vermelho--escura. Não acabava nunca. A hemoglobina não aumentava nunca.

O que eu deveria contar?

Que uma obstetra me disse: «Que coisa terrível você está passando. Mas é preciso aceitar e acolher. Deus manda dor apenas a quem pode suportá-la».

Que, logo após a curetagem, fiquei em observação na sala de parto o dia inteiro, sozinha, porque tinha perdido sangue demais, enquanto ao meu redor nasciam bebês.

Que, logo após a curetagem, foi a única vez que me deram algo para a dor que não fosse paracetamol. Foi a única vez que me deram morfina. E eu, que ainda não tinha dito nada a ninguém, pois acreditava que poderia sair naquele mesmo dia — até porque já havia feito outras duas curetagens, acreditava saber como era, e os médicos também haviam me garantido que seria assim —, sob efeito da morfina me sentia quase eufórica, e respondia a mensagens de trabalho, sem dizer a ninguém onde estava, o que estava fazendo, respondia a e-mails, superexcitada, e me escreveram da editora: «Acabamos de saber que haverá uma segunda impressão do teu livro». E escrevi contando para Ada e Bianca. E elas: «Que maravilhoso!». Minhas queridas, nem imaginam.

Que, antes da curetagem, como se faz para qualquer cirurgia, precisei fazer a pré-internação. Na pré-internação e — dois dias antes — no check-up ecográfico em que me disseram que deveria ter feito o parto induzido, Giulia foi comigo. Andrea não pôde ir. Andrea não queria ir; e para ele era um alívio não poder me acompanhar (você é má). No dia do ultrassom, quando falam do parto induzido, Giulia vira uma fera. Liga para todos que conhece enquanto eu choro choro choro, digo se eu parir essas três filhas mortas eu também morro, minha amiga Giulia liga para médicos, amigos de médicos, filhos de diretores de hospital, e finalmente consegue falar até com os diretores. Estou sentada no gelo fora do hospital fumando um milhão de cigarros porque estão todos mortos, sentada no chão porque não aguento mais, vejo ela fazendo as ligações e penso: Andrea não teria feito isso por mim. Liga você, ele teria dito. Porque, se Andrea fosse a personagem de um romance, não poderia ser uma fera passional como Giulia e ele próprio ao mesmo tempo.

Giulia liga para todo mundo e consegue me ajudar — de fato, não farei o parto induzido —, depois me leva para casa e bebemos muita cerveja. Até porque agora estão todos mortos. Conseguimos falar de outras coisas, até. Conseguimos até dar risada.

Quando por volta das 23h Andrea chega do *set*, eu sinto ódio. Porque ele não tem que ser operado. Porque ele é homem. Porque ele pode ir para o mundo e eu tenho que ficar fechada no meu. Porque ele, se eu não puder mais ter filhos, poderia ter, por décadas ainda, com outras mulheres. Diz: «Comprei mexilhões e peixe, como você gosta» (não pode ser 23h porque ele comprou peixe, ele provavelmente disse isso no dia seguinte, um pouco antes, por volta de 20h, mas como o dia seguinte é um dia igual a este, não é importante como as coisas *exatamente* aconteceram). Fico gélida, má, digo: «Tô pouco me fodendo para mexilhão», (minha comida preferida), «estou sem fome».

No dia da pré-internação, enquanto espero para entrar, eu e Andrea brigamos por WhatsApp. Brigamos feio. O frio é enlouquecedor, estamos em fevereiro, e fico horas na fila da recepção porque com covid a entrada é restrita. Enquanto eu estou aqui, ele está vivendo. E já faz dias que ando com três meninas mortas dentro de mim, que estou com três meninas mortas aqui dentro.

No lançamento que faço logo após a cirurgia de Milão, antes da curetagem, estou com três meninas mortas dentro de mim. Entre o retorno a Roma, as consultas, a data da curetagem e a curetagem, fico sete dias inteiros com três meninas mortas dentro de mim.

Na sala da pré-internação, já não sei mais há quanto tempo estou sentada esperando para fazer o exame de sangue, para fazer o teste rápido de covid, para conversar com a anestesista. (Anestesias precedentes? Não. Abortos precedentes? Não. Cirurgias precedentes? Não.) Chego às 9h da manhã no hospital e volto para casa às 19h.

Dois dias antes, enquanto esperávamos para fazer o ultrassom, de vez em quando os enfermeiros fechavam as portas e diziam: distanciem-se, vai passar um paciente de covid. Eu não pensei: pelo menos não estou com covid.

Porque a certa altura aconteceu uma coisa.

Começou quando eu temia estar esperando dois gêmeos, em dezembro de 2020. Era só eu dizer: pelo menos *isso* não aconteceu, que *isso* acontecia. Quando eu temia não chegar ao terceiro mês — a época em que eu acreditava que minha gestação fosse como qualquer outra e, assim como todas as mulheres comuns, me preocupava —, disse: pelo menos uma certeza temos, não são gêmeos. Foi só eu dizer que descobri que eram dois. Então pensei, pelo menos não são três. Tornaram-se três. Quando eu estava prestes a fazer a curetagem, pensei: pelo menos eu volto para casa hoje mesmo. Voltei depois de uma semana. Após a curetagem me disseram, você poderia ter perdido o útero. Eu disse: pelo menos não perdi o útero, pelo menos meu útero está bem. Foi então que começou a segunda parte desta tragédia.

Eu impus a mim mesma: chega, não diga mais nada, não pense mais nada, não emita um só ruído real ou em sua cabeça, lá do céu e lá do inferno te escutam, te escutam o tempo todo. E te castigam. Então fiquei calada. Até porque apenas um som estava em minha cabeça.

O coração das crianças.

Quando se tornaram três, sob o olhar aterrorizado da ginecologista que me acompanhou na RA, eu, caralho, eu vi essas três coisas ínfimas e ouvi aqueles corações batendo pra caralho, e os vi vermelhos e azuis pulsando no ultrassom e não obstante a ginecologista estivesse vislumbrando um cenário de morte, eu não sei explicar o que é o batimento cardíaco de um filho desejado, mas é uma espécie de calor total, uma espécie de substância espantosa, uma espécie de explosão. Descobrirei que o barulho do coração do seu bebê, se você quer este bebê, te deixa tonta. Descobrirei que o barulho do coração de outros bebês, se você não tiver mais o seu, é uma tortura. É como se te prendessem em uma cadeira e abrissem a sua cabeça e fatiassem o teu cérebro com uma navalha. Você está consciente, mas está enlouquecendo. Você pensará: parem esses corações. Eu peço, eu imploro, parem esses corações.

E que você é uma pessoa horrível, que é uma pessoa horrível por pensar que, mortos os seus corações, deveriam morrer os corações de todos, e esses todos são bebês, pensar que você é uma pessoa horrível é certo que você pensará, pensar que você merece o castigo dos castigos é certo que você pensará, pensar que pensamentos como este não são coisa de gente normal mas sim de assassinos é certo que você pensará. E dirá a Andrea: por favor, faça aqueles corações pararem. E ele dirá, por telefone, porque com a covid ele não pode entrar no hospital com você, dirá não diga isso, o que esses bebês te fizeram. E ele tem razão, você sabe. Mas você faria qualquer coisa para parar aqueles corações, e no entanto você os ouve, o tempo todo, na unidade de Patologia Obstétrica onde você está após a milésima cirurgia, e não tem mais ninguém dentro de você quando colocam dentro de você a sonda do ultrassom, não tem mais Aldo, Giovanni e Giacomo como os chamávamos quando descobrimos que eram três (antes de saber que eram três meninas, que não tiveram tempo de ter um nome, e antes de se tornarem duas, Annalena Angela e Bianca Cristina — nomes sérios dessa vez), não tem mais nada dentro de você, você não é mais a mesma e ouve esses corações e queria arrancar o catéter, os dez metros de gaze que enfiaram no teu útero para interromper a hemorragia — o tampão —, a bolsa com os líquidos e o soro com paracetamol e o outro com antibiótico porque te deu febre e dizem que precisam ter certeza de que você não corre risco de septicemia, e depois a bolsa vermelha com o sangue da transfusão, você queria arrancar tudo e fugir para o mais longe possível e infelizmente, desta vez, não é mais como quando Giulia, rindo, te disse: você não pode fugir para lugar algum, para onde iria? Ele ou eles estão dentro de você. Infelizmente, desta vez, você pode fugir. Se fugir, vai sozinha. Não tem mais ninguém com você.

E esta dimensão na qual você despencou desde 3 de fevereiro de 2021, dia em que morreram suas filhas, esta dimensão na qual você ainda está te repete, todo dia toda hora, que não foi azar, falta de sorte — como dizem todos —, nem o acaso. Não não, uma coisa é certa: você mereceu. Um filho não é um vestido, não é o contrato de publicação de um livro, não é o contrato por baixo dos panos da casa no litoral, você disse não a dois filhos e então aquele dedo que você sempre esperou finalmente furou as nuvens, apontou para você diante de todos e disse: você não merece. E matou suas três meninas.

Quando eles tiram a gaze do meu útero antes de me dar alta, me colocam deitada na maca. Não falam comigo.

Começam a puxar metros e metros de gaze que não acaba nunca, e faz um barulho terrível.

Na mesma hora sinto um jato líquido saindo do meu corpo. A gaze era para interromper a hemorragia.

«O que aconteceu?», pergunto, sem ver o que está se passando embaixo de mim. «O que aconteceu?», pergunto aos médicos. Ninguém responde.

«Tem sangue? Ainda tem sangue?»

O líquido é abundante, e escorre.

No fim se decidem e dizem: «Não, é o desinfetante que estamos usando para molhar a gaze. Precisa ser muito».

Eu realmente deveria dizer essas coisas? São coisas que não se dizem, coisas muito simples, que você tem que viver em primeira pessoa, segundo Simenon. Que assim seja.

Não vou dizer.

Mas sabem o que eu tenho a dizer?

Durante aqueles dias infinitos no hospital, não quero ouvir ninguém com a voz feliz, quero que todos morram. Mas o tempo não passa, não consigo ler, só consigo ver filmes ou séries no celular. Em todos aqueles dias, mil horas por dia, procuro no Google: «filmes que acabam mal» e só assisto a isso. Fico muito satisfeita com a dor dos outros. Quando saio do hospital, conto para Giulia. Ela começa a rir. Em mim também dá vontade de rir.

A garota macedônia que estava comigo no quarto do hospital, quando nos deram alta (nos deram alta ao mesmo tempo) e me vesti pela primeira vez, ela olhou minhas roupas (que eu havia comprado há eras em uma loja muito chique e pagado supercaro, pois queria ficar elegante) e disse: «Você parece uma cigana». Fiquei putíssima, e, quando contei para os meus amigos, eles riram, e eu também.

Quando me deram alta e eu me arrastava lentamente pelos corredores para sair do hospital, repetia: «E essa vaca me dizendo que essa roupa parece de cigano, com todo o dinheiro que gastei». E Andrea olhava para os lados e dizia: «Fala baixo, vai, não é legal falar assim». Na hora não tive vontade de rir. Agora sim.

Uma vez, a enésima vez em que as enfermeiras não responderam quando as chamamos, não nos trouxeram o soro com o analgésico, não nos trouxeram cobertas, eu comecei a gritar: «Vocês tomem cuidado que eu escrevo em jornais! Escrevo tudo e acabo com vocês!». Convencida de que ficariam assustadas com minha autoridade e passariam a nos tratar muito melhor. Me trataram pior. Até disso, depois, eu e meus amigos acabamos rindo. «Cagaram na tua cabeça», disseram. Sim, de fato.

Mas tem também coisas que se dizem.
Tenho uma nota no meu iPhone. Ficou longuíssima. Com todas as datas da minha RA. Quando comecei a escrevê-la, achei que teria no máximo umas dez linhas. Uma linha para cada data: quando comecei, quando fiz a ultra de monitoramento, quando fiz a coleta, quando fiz a transferência, quando descobri que estava grávida, quando fiz o parto. Stop.
Você me faz rir, Antonella (você é uma cretina, por isso te chamo pelo seu odiado nome de batismo).

Atualmente, a lista é longuíssima. Leva alguns segundos para vê-la inteira.

Olho o dia em que dei entrada no hospital para a curetagem: 10 de fevereiro de 2021. Saí no dia 17.
Quem vem me buscar é o Andrea, que está esgotado. Passou todos os minutos em que não estava no set sentado no corredor do lado de fora da unidade (não deixavam que entrasse, prometiam informações que não lhe davam, e, se eu não respondia suas mensagens — nem com ele eu queria

falar por telefone —, ninguém lhe dizia como eu estava). Finalmente me visto (de cigana), coloco minhas coisas de qualquer jeito na mala e, lenta, saio.

(Só em casa descobrirei que, quando eu estava na sala de parto para a curetagem, roubaram a pulseira de brilhantes que minha mãe e meu pai me deram com o dinheiro do fundo de garantia, uma para mim, uma para minha irmã. «Por que você não tirou a pulseira antes de ir para lá? Não dá para usar joia em hospital.» Eu sei, e de fato não estava usando brincos nem anéis, mas a pulseira eu não tirava nunca, fazia quinze anos, era como se não estivesse usando coisa alguma, eu nem me lembrava que estava com ela.)

Caminhamos pelos corredores infinitos do hospital. Estou com falta de ar. Andrea me segura firme. Nas paredes do hospital há frases dizendo que o sofrimento vem do senhor. Só consigo dizer vá se foder. Chegamos na entrada. Do lado de fora do hospital tem uma livraria. Olho de relance. Na vitrine, uma pilha de livros. No meio da pilha, exatamente no meio, no lugar mais visível de todos, vejo o meu romance.

Estas sim, estas são coisas que se dizem. Este momento de luz total, verdadeira, em meio às luzes de neon do hospital, em meio a esta mala cheia de horror que Andrea carrega para mim, a este táxi que me leva para casa enquanto Andrea pega a scooter, a esse nada que eu sou. Estas são coisas que se dizem: este livro, que esteve lá o tempo todo, me protegendo, me esperando. Esperando para me dizer que ainda estou viva.

Peço desculpas, livro, por ter te dado a responsabilidade de salvar minha vida.

E assim, naquele mesmo dia, novamente em casa, trato com a editora de traduções para o exterior, de reimpressão, de cópias vendidas, das novas coisas em que preciso trabalhar, de entrevistas, de lançamentos (esta semana só on-line, depois quero fazer tudo ao vivo).

Logo de cara, um vídeo em que pareço um fantasma (digo à assessoria de imprensa: «estou parecendo a Mortícia»). Mas dou risada, muita risada neste lançamento, quero mostrar a eles — à editora, mas sobretudo a mim — como sou corajosa, como sou boa, e quando me perguntam: você tem filhos? Eu respondo com alegria: não!

(O que é um livro diante de toda esta dor? Nada.

Por que eu continuo a trabalhar sem nunca parar?

Por que vou continuar trabalhando sem parar, com tudo o que vai acontecer?

Uma única imagem me vem à mente: uma mão agarrada a uma pedra, um corpo pendurado no vazio. A mão tenta se segurar, mas não consegue mais. Talvez seja esse o significado de: agarrar-se a uma motivação.

O fato de esta motivação ser a mesma que me impediu de ter filhos mais cedo, o fato de ser a mesma que me trouxe direto até aqui, a estes três mortos, a estes três homicídios, significaria colocá-la no banco dos réus. E não posso fazer isso porque me veria diante de uma total ausência de sentido.

Não a coloco no banco dos réus, nunca, nem agora enquanto escrevo.

Nunca. E não quero nem pensar nisso. Quero apagar este capítulo.)

Mas agora preciso contar sobre o sangue.

Resumo:

Logo após a curetagem, começo a ter hemorragias. Os médicos acham que é a evolução normal do pós-operatório. Eu também. Pelo menos não perdi o útero (quieta! nem pense!). No entanto, descobrem que, para salvar meu útero e interromper a hemorragia, os médicos tiveram que finalizar a cirurgia às pressas. Sobraram restos de fetos mortos e de placenta no útero. Nesses restos cresceram formações arteriovenosas. Isto é, vasos sanguíneos e arteriosos (não sou médica, explico com minhas palavras) vivos, que se expandem. Nesses meses, de fevereiro a junho, crescem de forma desproporcional. Todos os médicos me dirão: é uma coisa raríssima, não acontece nunca. Mas esta é uma história inteira de zero vírgula zero zero zero um por cento de chance que puta que pariu sempre acaba acontecendo. O ultrassom mostra o útero completamente cheio de bolinhas coloridas. Não são corações de bebês. São vasos que lançam sangue. No hospital queriam me operar novamente no início de abril, com urgência («pela sua vida», me dizem). Fazemos uma consulta médica: a operação é arriscada demais. A possibilidade de perder o útero é muito alta. A possibilidade de não conseguirem parar o sangue mesmo tirando o útero, e que portanto eu morra, alta. Pergunto aos médicos o que devo fazer. Aconselham-me a não operar, tentaremos outros tratamentos, tentaremos todos os tipos de tratamento existentes. Recuso a cirurgia.

Tentamos tratamentos para reduzir esta massa — chama-se MAV, malformação arteriovenosa — para depois operar em um segundo momento. Por meses e meses, enquanto minha hemoglobina despenca, meu sangue jorra para fora de mim.

Mas eu continuo rodando pelos eventos de apresentação do livro, continuo a trabalhar, a sair para jantar fora. Meu sangue não está nem aí para o anti-hemorrágico (o Transamin 500mg). A qualquer momento, uma hemorragia pode me inundar. Acontece o tempo todo. Em todo lugar. Bem no meio de algo que estou fazendo, num dado momento sinto um jato de sangue e preciso correr para o banheiro. Me entupir de Transamin. Rezar para parar. Toda vez, posso morrer. Meu ginecologista e eu nos falamos minuto a minuto. «Não se brinca com sangue, se for muito corre pro hospital.» A razão diz para eu me afundar na cama e nunca mais me mexer. Tudo é perigoso demais. Mas eu me levanto da cama todos os dias. E não é coragem. É que não quero que seja verdade. Se você não acredita, não é.

Continuo assim até quase o fim de junho. Tenho um calendário interminável de lançamentos na primavera e no verão. Eu quis assim. Continuo viajando, apresentando o livro. Por meses e meses. Com o anti-hemorrágico e todo o resto.

Em seguida alugamos a casa em Circeo, «para nos renovarmos». E chega o dia de que falei no início do livro, em que o sangue não para mais.

O doutor S. neste momento me diz: «Corre para o pronto-socorro». Não posso me deixar levar pelo pânico.

203

Enquanto meu coração está a mil, por fora pareço calmíssima. Andrea também parece calmo. Mas, quando tenta fechar a bolsa que arrumou às pressas para irmos embora, não consegue. Vejo suas mãos tremendo. Não consegue fechar o zíper. «Fica tranquila», me diz, «já vamos.» «Tranquilo», digo, «temos bastante tempo.» E nós, que feitos dois loucos fomos nos enfiar no lugar mais desconfortável e isolado do mundo, saímos às pressas de madrugada para pegar a Pontina, enquanto eu digo a Andrea calma, não corre, a gente vai conseguir.

Tentamos de tudo para não fazer a cirurgia, para salvar o útero para que eu pudesse tentar uma nova RA, teimosa e imprudente sempre afirmei que não tinha sangue demais, mas desta vez temos que ir. Não faz sentido sangrar até morrer.

É madrugada, estamos na Pontina, toda esburacada. Andrea corre feito doido.

Mas antes, dia 22 de março, anunciaram os doze livros indicados ao Strega.

Chegamos até esse dia, eu descuidada do sangue (do qual não falei na editora, do contrário teriam me proibido de viajar; não contarei nada até junho, até quando não poderei mais evitar a cirurgia), nós com todo nosso entusiasmo e nossas forças. Eu disse: dei ao livro toda a responsabilidade de me salvar. Este salvamento culmina ali: nas indicações para o Strega.

Marcamos uma reunião pelo Zoom para ouvir todos juntos, ao vivo, o anúncio dos doze livros escolhidos.

Eu fico na frente da tela. Andrea pela casa de um lado para o outro, não quer aparecer no enquadramento. Eu em casa; a editora em Milão. Todos muito emocionados.

(A minha redenção.)

O anúncio dura poucos minutos. E então: «Não estamos dentro».

E eu revivo o momento em que vi as minhas três filhas mortas em uma tela. Não é comparável, mas também esse sonho morreu diante de uma tela. E, como naquele dia em que o Andrea havia comprado mexilhões e peixe, um dia antes da curetagem, agora me compra flores e me diz: «O que posso fazer para te consolar?».

Mas estou em fúria. Não pode fazer nada, digo rosnando com raiva. Que ódio dessas flores da derrota, tira da minha frente caralho, saiam todos da minha frente.

Não sei se é possível compreender, mas, se você colocou toda a sua vida em uma coisa, em uma data, em um anúncio, se o único motivo pelo qual não escancarou a janela do quinto andar é essa data, esse anúncio, quando você vê sua derrota na tela você diz a si mesma: é o universo, o universo está conspirando contra mim.

E assim, a hemorragia continua até aquela noite de junho na Pontina.

Não tenho a intenção de contar o que acontece a partir daquela noite na Pontina até a cirurgia. Naquelas semanas em que sabemos que eu poderia não sair mais da sala de operações (mas preciso entrar, não tenho escolha). Não tenho a intenção de contar também sobre essa cirurgia. Aliás, estas duas cirurgias em um dia: uma embolização e uma histeroscopia cirúrgica (não pretendo explicar do que se tratam). Essas são coisas que é proibido contar.

Coisas que se dizem:

Quando a operação se torna inelutável, todos aqueles que sabem se viram do avesso para me ajudar a encontrar o melhor hospital. No fim, por vários motivos, terei que escolher o mesmo hospital em que fiz a curetagem. Mas mesmo assim todos me ajudarão.

Decidimos pagar por um quarto no hospital, para que Andrea possa ficar comigo e eu possa ficar sem colegas grávidas e corações batendo por perto. Damos entrada no hospital domingo à noite, me operam na terça.

Domingo à noite Andrea volta para dormir em casa. Eu passo a noite inteira no WhastApp com a amiga com quem, no ano seguinte, irei a Madri, com quem darei risada de todas as merdas que nos vierem à mente. Por exemplo, perto da cama tem um botão indicando uma luz de leitura. Deveria apagar todas as outras luzes e deixar só uma fraquinha para a pessoa ler. Só que, quando você aperta o botão, fica tudo preto. Todas as luzes se apagam. Mando um milhão de fotos pretas com a mensagem: desculpa, tenho que ir, agora vou ler. Nós duas — ela em casa, eu no hospital — choramos de tanto rir.

No dia anterior à operação não posso beber líquidos nem comer a partir de meia-noite. Antes, peço para Andrea levar duas cervejas Peroni para o hospital (sou de Bari, bebo Peroni). Fazemos um brinde com batatinha *chips* e Peroni no hospital, no meu quarto, escondidos. Toda vez que ouvimos passos se aproximando, escondemos tudo. Rimos muito.

Que posso morrer, eu não penso nunca.

No dia seguinte, quando a primeira operação está prestes a ser iniciada, ouço o cirurgião dizendo ao assistente: «A paciente é magra, será mais fácil operar». Fico muito orgulhosa com esse elogio.

De noite, após a operação, estou repleta de morfina. Mas estou desperta. Compro o app do Monopoly e obrigo Andrea a jogar um milhão de vezes no meu iPhone. Um negócio incômodo e barulhento. Apesar das dores e da morfina, eu venço sempre. Fico animada.

(«Eu deixei você ganhar, na verdade», Andrea vai me dizer meses depois, e vai me dar vontade de rir.)

Estou com a bombinha de morfina, posso aplicá-la diretamente na veia sozinha (a dor que senti nestas duas operações eu não tinha sentido em toda minha vida). Acabo com ela em um segundo. Quando de noite o médico de plantão vem me controlar e a bombinha já está vazia, eu digo: «Me dá outra?». Ele me dá, porém diz: «Mais que isso, só no SERT».[8]
E eu fico orgulhosa.

Na noite em que volto do hospital, Giulia e Luca vêm jantar em casa, estou dolorida, fraca, mas quero que estejam comigo. Mal consigo me levantar do sofá. No entanto, me esforço para fazer piadas. «Apesar de tudo, você continua sendo um cretino, Antonio», me diz Giulia. Estou orgulhoso de ser um cretino apesar de tudo, e ela também está orgulhosa — e aliviada — por isso.

Quando nos dão alta, a médica de plantão sugere que eu faça uma viagem para o litoral. Estou mais morta do que viva e tenho medo de sair de Roma. «E se o sangue voltar?» «Vocês voltam aqui», diz ela. Andrea me diz: «Você está com vontade?». Estou com vontade. Sempre estou.

Conseguem me salvar. Conseguem salvar meu útero.

---

8   Servizio per le Tossicodipendenze (Serviço para as dependências químicas), trata-se de um departamento do sistema de saúde italiano dedicado à prevenção e à reabilitação de dependentes químicos. [N.T.]

Meses depois, o ginecologista de onde estou tentando fazer uma nova RA (sem sucesso) me dirá: «Agora eu posso te contar, poucos meses antes da sua internação para fazer a embolização e a histeroscopia cirúrgica, uma mulher morreu devido ao mesmo tipo de operação e à mesma patologia que você teve». Por isso fizeram de tudo para impedir a cirurgia.

Mas eu estou viva.

Toda santa hora eu e Andrea nos deparamos com a palavra gêmeo ou com gêmeos em carne e osso.

Por exemplo: o estabelecimento praiano para onde vamos em Sabaudia se chama *Gemelli*. Obviamente é gerenciado por gêmeos.

Toda noite, quando o sol se põe, no happy hour, é para um deles que peço as batatas Dixi e o Spritz.

Nunca consigo distingui-los.

Sempre amei o mar.

Mas este mar de agosto, ofuscante de tanta luz, tão cheio de verão, de alegria, me faz mal.

Há mulheres grávidas em todo lugar.

Há crianças em todo lugar.

Há felicidade em todo lugar.

Odeio este mar, este calor, esta felicidade.

Fico bem só de noite, quando o sol — eu que sempre amei o calor e a luz — se põe. E chega a escuridão, como eu.

Faço novos amigos em Sabaudia. Eles não sabem de tudo o que aconteceu, mas só com o fato de existirem, rimos juntos dançamos juntos, eles me salvam. Esta história é repleta de pessoas que me salvam sem saber. De noite, enquanto cozinhamos, nos embebedamos de vinho branco gelado e cantamos Venditti, Baglioni, Battisti, Lúnapop, Jovanotti. A música de que mais gostamos é «Notte prima degli esami». Eu e Andrea decidimos mudar de Circeo para Sabaudia e pegar uma casa próxima à deles, a preço de banana, por todo o verão, até o fim de agosto.

Quando agosto termina, eu imploro para ficarmos até setembro, para trabalharmos daqui. Eu sei que ele preferiria voltar para Roma, mas concorda em ficar.

Se volto para Roma, eu.

«Mesmo que estejam mortas, suas três meninas estão sempre contigo.»

Não vão me convencer. Não direi nunca e não pensarei nunca «os cinco estão sempre comigo». Porque não estão.

Para entender se a operação correu bem, leva meses. É preciso ver como o útero reage. Se a MAV volta. Se o útero realmente foi salvo.

É preciso esperar que minha menstruação volte (a menstruação que voltou depois de meses, no dia em que comecei este livro).

Quando volta, tenho que fazer uma histeroscopia de controle. Estamos em novembro de 2021.

Giulia: «O que você está fazendo?».

Eu: «Acabei de fazer a histeroscopia».

«Já te falaram o resultado?»

«Não». Pausa. «Estou esperando.»

«O que eles precisam ver?»

«Se tem aderências ou restos ou alguma outra trapalhada deixada pelas cirurgias.» (Sempre restará a dúvida se eu tive MAV por algum erro médico durante a curetagem; e de fato o médico que me faz a histeroscopia diz que é muito provável, mas é muito difícil de comprovar.) Pausa. «Se posso tentar de novo», subentendido: uma nova RA, mas não verbalizo.

Vinte minutos depois.

Mando uma foto do laudo para Giulia:

Indicação:	Controle da cavidade pós-embolização da artéria uterina para MAV e histeroscopia cirúrgica para resíduos pós-aborto. RA.
Canal cervical:	sem lesões
Cavidade uterina:	regular
Endométrio:	proliferativo
Óstios tubários:	não apresentam lesões
Biópsia:	não
Comentário:	Histeroscopia negativa. Com relação à pergunta específica a cavidade parece regular, sem resíduos pós-aborto ou sinequias.

Eu: «O médico que fez a histeroscopia tinha uma cara estranha. Eu disse: por que o senhor está zangado? Ele disse: não estou zangado, estou triste de saber do inferno que você viveu. Não era o doutor S., era um médico que eu nunca tinha visto».

Antes de fazer a histeroscopia, enquanto eu tirava a roupa e contava o que havia acontecido e ele lia a minha pilha infinita de laudos e prontuários, o médico me disse: «Como você ainda consegue ir a médicos depois de tudo o que passou? Como você faz para ter coragem?». Respondi: «E o que mais eu posso fazer?».

O que eu posso fazer?

Posso conviver com esta dor que é o passado e esta dor que é o presente, posso tentar fingir que sou capaz de rir e posso tentar rir de verdade também, às vezes, ou então posso me matar.

Não me mato.

9 de fevereiro de 2022, hoje.

Por mais de um ano, desde que descobri que estava grávida até agora, mantive na geladeira a última injeção da reprodução assistida, com a esperança (quando estava grávida) de que não fosse usá-la porque tudo correria bem, na verdade eu estava convencida de que não precisaria usá-la. A injeção venceu, e continuou lá. Agora, está no lixo.

Ontem Marco veio jantar aqui. Em um certo momento ele disse que não estava digerindo bem. Perguntou se eu tinha algo para ajudar na digestão. Eu não disse nada, me levantei e fui pegar o efervescente Brioschi que Andrea comprava para mim quando estava grávida e ficava com enjoo. Tinha ficado assim o frasco: pela metade.

Peguei, olhei, pensei: agora eu quebro tudo.

Não quebrei nada.

Coloquei duas colherinhas de Brioschi em um copo d'água, misturei para dissolver, como fazia quando estava grávida e enjoada. Não fiz para mim esse copo. Fiz para o Marco. Não preciso mais disso.

Queria ter dito: «Eu tomava isso quando...». Mas vejo que não posso, pois: o que poderiam me dizer? Como reagiriam?

Todo dia, quando tomo banho, vejo uma cicatriz em minha virilha.

Ficou de uma das duas operações que fiz após a curetagem, a embolização.

É um buraco.

Toda vez, me esqueço dela. Toda vez que a vejo sinto que vou desmanchar.

Um dia, espero, fará parte de mim como todas as outras cicatrizes que tenho. Um dia não me fará mais desmanchar.

Após a curetagem, não quero mais fazer sexo. No começo não posso, por meses. Mas, mesmo que pudesse, nem me passa pela cabeça. Fevereiro, março, abril, maio, junho, julho. Depois já posso, mas não quero.

Se Andrea me toca, sinto vontade de matá-lo.

Uma noite, em casa, ouço o barulho do mar, como todas as noites. Percebo que deixei de sentir medo. É verdade, continuo não dormindo de madrugada, mas pelo menos o barulho já não me faz sentir medo.

Tiro a roupa para dormir, e neste momento sinto que estou pronta.

Que posso tentar. Posso tentar deixar alguém entrar em mim. Posso deixar.

Sinto medo quando faço pela primeira vez depois de tudo o que aconteceu. Mas também é uma sensação líquida, poderosa. Sinto o sangue batendo em minhas têmporas e não consigo mais pensar.

Três

Setembro de 2022. Voltei a Sabaudia.

Mar.

Quando comecei este livro, em novembro de 2021, tinha certeza de que poderia lhe dar um final feliz. A mesma absurda esperança, a certeza obtusa que não é verde, e sim preta.

Estes meses me ensinaram que não posso dar o final feliz que eu esperava para este livro. Não posso terminá-lo com: «E agora, enquanto estou escrevendo, agora posso dizer: um coração bate dentro de mim, e não é o meu».

Provavelmente, este fim eu nunca poderei dar.

Esses meses me ensinaram que para contar esta história tive que mudar meu jeito de escrever e me dar o direito de usar palavras como «coração» e «amor», eu que nunca me permito usar tais palavras. Assim como não me permito falar de coisas minhas que estão dentro daquela barragem. Enquanto escrevia eu dizia a mim mesma: eu que estou acostumada a criar um percurso narrativo, uma viagem do herói, peripécias pelas quais o herói passa e depois vence ou perde, o que eu faço? Como faço para escrever esse livro? Precisei me render, e mudar.

Nunca escrevi livros que terminam bem. Enquanto escrevia, percebi que deveria reconsiderar a expressão final feliz, e sobretudo reconsiderar o que é um final feliz para esta história.

Nem vem que não tem, eu nunca direi: estas meninas estão sempre comigo. Porque elas não estão.

E, no entanto, todos os dias penso nelas. Como poderia ter sido. Penso todos os dias como seria se elas estivessem aqui. Penso todos os dias que gostaria de ter um filho. Todo santo minuto, todo santo segundo. Como poderia ter sido.

O sol está se pondo.

O mar de junho, julho e agosto este ano também me fez mal. Com toda aquela sua alegria e sua luz que nada tinham a ver comigo.

O mar de setembro dilacera meu coração. Mas é um corte muito suave. O sol pega fogo e se joga no mar. O mar ganha outra cor, melancólico. O céu ganha outra cor, inquieto.

O vento levanta as ondas e o mar está bravo, assim como eu.

Bebo minha cerveja, sozinha, de frente para o mar, até o sol se pôr, até ficar escuro, e mais um bom tempo.

Andrea e meus amigos escrevem: «Quando você vem nos encontrar?». Eu não saio de perto do mar. Não quero sair nunca mais. Eu, que normalmente detesto ficar sozinha, passo horas e horas quieta olhando o mar de setembro. Este mar bravo como eu.

Olho o mar e toda essa água, e essa bola de fogo sendo engolida, e esse vento que sopra forte e depois se acalma, escorregam para dentro e para fora de mim como uma coisa sexual.

Não quero ir embora nunca mais. Olho o mar até quando não consigo mais enxergá-lo, até quando não consigo enxergar mais nada.

Quase terminei meu livro. Faltam poucas linhas.

Não adianta, eu nunca direi: as meninas estão sempre comigo. Porque não estão.

Mas há momentos como este. Este de agora. Sinto a adrenalina que me atravessa como um rio. Não é mais sangue; é adrenalina. E jorra.

Quero tanta adrenalina a ponto de explodir meu cérebro.

Bem-vinda de volta, adrenalina, vem para dentro de mim, vem para dentro de mim, inunda-me por inteiro.

Instare
volumes publicados

1. Paolo Giordano
   Tasmânia
2. Naoise Dolan
   Tempos interessantes
3. Ilaria Gaspari
   A reputação

Abril
2024
Belo Horizonte
Veneza
São Paulo
Balerna